Kat

D1866063

Von Rainer
Februar 92

In den drei Erzählungen dieses Bandes, ›Charme & Co.‹, ›Geständnis‹, ›Die Briefe‹, beschränkt sich Edith Wharton, deren Geschichten sich sonst mit Vorliebe in Bereiche des Grauens oder ein phantastisches Jenseits vortasten, auf die nicht minder phantastische Szenerie des Zwischenmenschlichen.
Die drei in ihren Konflikten, Themen und Stimmungen sehr unterschiedlichen Erzählungen handeln von seltsamen Paaren, von merkwürdigen Briefen und bemerkenswerten Reaktionen. Sie erzählen von einem ominösen Brief, der vielleicht ein Mordgeständnis enthält, von einer schicksalhaften Entdeckung, die um der Liebe willen verschwiegen wird, von den geschickten Verheiratungsmanövern, mit denen ein wohlhabender Bankier sich der Sorge um die zahlreichen, ebenso charmanten wie mittellosen Verwandten seiner Frau entledigt –, und sie handeln allesamt von den besonderen Gewißheiten der ehelichen Liebe.

Edith Wharton, »die große alte Dame der amerikanischen Literatur« (Gore Vidal), wurde 1862 als Tochter aus alter reicher Familie in New York geboren. Sie genoß eine vornehme Erziehung, zu der längere Auslandsaufenthalte und Reisen in großem Stile gehörten. Von 1906 an lebte sie fast ständig in Frankreich. Sie schrieb Romane, Reisebücher, Essays und zahlreiche Erzählungen. Als ihr Hauptwerk gilt der Roman ›Zeit der Unschuld‹ (1920), für den sie mit dem Pulitzer-Preis ausgezeichnet wurde. Edith Wharton starb 1937 in St. Brice-sous-Forêt (Frankreich).
Im Fischer Taschenbuch Verlag sind außerdem die Erzählung ›Granatapfelkerne‹ (Bd. 10180) und der Erzählungsband ›Unheimliche Geschichten‹ (Bd. 10677) erschienen.

Edith Wharton

Seltsame Ehegeschichten

Aus dem Amerikanischen von
Bernd Rüther

Fischer
Taschenbuch
Verlag

Deutsche Erstausgabe
Veröffentlicht im Fischer Taschenbuch Verlag GmbH,
Frankfurt am Main, Februar 1992

Für die Zusammenstellung und
die deutsche Übersetzung von Bernd Rüther:
© Fischer Taschenbuch Verlag GmbH,
Frankfurt am Main 1992
Umschlaggestaltung: Buchholz/Hinsch/Hensinger
Umschlagabbildung: Fernand Khnopff, ›Le reflet bleu‹
Satz: Fotosatz Otto Gutfreund, Darmstadt
Druck und Bindung: Clausen & Bosse, Leck
Printed in Germany
ISBN 3-596-10921-3

Inhalt

Charme & Co.

1

»Jim! Ich habe Angst... Ich habe entsetzliche Angst...«
Das schwarze Haar aus der Stirn zurückgeworfen, die dunklen Augen groß vom Weinen, kniete James Targatts Frau vor seinem Sessel und blickte ihren Mann durch die unglaublich langen Wimpern flehentlich an.
»Angst? Warum? Was ist passiert?« erwiderte er gereizt, verärgert darüber, daß er dabei gestört wurde, in aller Ruhe sein Abendessen zu verdauen, das er soeben in Nadeschas neuestem Restaurant eingenommen hatte – einem ukrainischen dieses Mal. Denn gewöhnlich gingen sie, auf Nadeschas Betreiben und auf der Jagd nach dem Ausgefallensten, das New York in den Jahren der Hochkonjunktur zu bieten hatte, jeden Abend in ein anderes Lokal. »Dieser Stör à la Crème –« dachte er erschöpft. »Und, worum geht es?«
»Es geht um Boris, Schatz. Ich fürchte, Boris wird einen Filmstar heiraten. Diese Halma Hoboe, weißt du... die Fabelhafteste von allen...« Jetzt liefen die Tränen schon über Nadeschas Wangen. Targatt vergaß für eine Weile seinen Stör und fragte sich, ob er seine Frau jemals verstehen würde – von ihrer Familie ganz zu schweigen.
»Halma Hoboe? Ja, warum denn nicht? Ist sie schon von ihrem letzten Mann geschieden?«
»Ja, natürlich.« Nadescha weinte noch immer. »Aber ich dachte, vielleicht wäre es dir nicht recht, wenn Boris

uns verläßt. Er muß drüben in Hollywood bleiben, sagt er. Ich werde meinen Bruder entsetzlich vermissen. Ist Hollywood nicht sehr weit weg von New York, oder? Boris wird uns allen fehlen, James. Nicht wahr?«
»Ja, ja. Natürlich. Toller Bursche, dieser Boris! Komisch, mit einem Filmstar verwandt zu sein. ›Meine Schwägerin Halma Hoboe.‹ Nun, solange er selbst keine Erfolge auf der Leinwand hat«, sagte Targatt, bei dem plötzlich eine latente Erleichterung anklang, die einen Augenblick später auch zum Vorschein kam. »Dann muß *sie* ja jetzt seine Rechnungen bezahlen«, murmelte er so leise, daß seine Frau es nicht hören konnte. Er nahm noch eine zweite Zigarre, ließ den Kopf bequem gegen die Sesselkissen sinken und dachte sich: »Tja, vielleicht wendet sich das Blatt...« Denn zum erstenmal während seiner achtjährigen Ehe mit Nadescha lief eine Neuigkeit, die ihre Familie betraf, nicht gleich wieder darauf hinaus, daß er einen Scheck ausstellen mußte.

2

James Targatt hatte sich stets gehütet, aus Sentimentalität schwach zu werden. Doch als er sein Leben Revue passieren ließ, fragte er sich, ob die einzige Gelegenheit, bei der er diesem Prinzip untreu geworden war, sich nicht als sein größter Coup erweisen würde.
Es war ihm nicht sehr schwergefallen, sich von der Ehe fernzuhalten. Er hatte niemals dieses unbestimmte Verlangen, Vater zu werden, verspürt, noch hatte er geglaubt, die Ehe mit einem altmodischen, anhänglichen Mädchen, das Geselligkeit verabscheute und lieber daheim stopfte und putzte, könne einem ehrgeizigen

Mann bei seiner Karriere behilflich sein. Womöglich kam es letztlich billiger, wenn man das Stopfen und Schrubben Fachkräften überließ, selbst wenn es jene Putzgeschwader mit den horrenden Preisen waren, die vor der Depression für solche Dienste gewöhnlich einen Dollar pro Minute kassierten. Und schließlich fand er eine auf sich allein gestellte deutsche Witwe, die für einen Hungerlohn zu ihm kam, ihn gut und preiswert bekochte und die Wohnung tipptopp und blitzblank wie eine Rennjacht hielt. Zu heiraten bestand für ihn also nicht der mindeste Grund. Und als er es plötzlich doch tat, wurde nicht danach gefragt, ob die Verbindung zweckmäßig sei.

Hinterher meinte er, was ihm widerfahren war, sei das, was die Leute »sich verknallen« nannten. So etwas hatte er ebenfalls nie einkalkuliert, und sogar jetzt wußte er noch nicht genau, ob die Redensart zu dem K.o.-Schlag paßte, der ihm bei Nadeschas Anblick versetzt worden war. Ihr Name sagt über ihren Part an der Geschichte ja schon genug. Sie kam direkt aus der ums Überleben kämpfenden Masse des ewig gleichen menschlichen Elends, das Targatt »Treibgut des Krieges« nannte. Eines Tages hatte sie sich Zugang zu seinem Büro verschafft – wie, fragte er sich noch immer, denn solche Belästigungen hielt er sich entschieden vom Hals – und ausgerechnet ihm ein Bild zu verkaufen versucht, das ihr Bruder Serge gemalt hatte. Sie verhungern alle, sagte sie, und wahrscheinlich stimmte das sogar. Doch es hatte ihn nicht sonderlich berührt. Diese Erklärung hatte er schon zu oft und von zu vielen Leuten gehört, und sie war seiner Meinung nach mit einer gräßlichen und rasch zunehmenden Form der Wegelagerei verbunden, die sich »Ansprüche« nannte. Außerdem war Targatts Phantasie nicht gerade rege, und weil er sich selbst stets einer anständigen Mahlzeit sicher sein konnte, bedrückte es ihn nicht sehr, wenn ihm berichtet wurde, bei anderen sei das nicht der Fall. Darum konnte er bis heute noch nicht erklären, wie es dazu gekommen war, daß er auf der Stelle Serges Bild gekauft und ein paar Wochen später Nadescha geheiratet hatte. Er hatte eins vor den Schädel bekommen, wie mit dem Sandsack: ein regelrechter Überfall. Nur so war das zu beschreiben.

Nadescha versuchte gar nicht erst, für ihn zu stopfen oder zu putzen – was vielleicht ganz gut so war, denn er schätzte seine Bequemlichkeit. Statt dessen freundete sie sich prompt mit der deutschen Witwe an und halste der tüchtigen Frau obendrein noch die Pflege ihrer Garderobe auf, die vor ihrer Heirat nicht der Rede wert gewesen war, sich aber rasch vergrößerte, nachdem sie Mrs. Targatt geworden war. Über der Wohnung befand sich ein weiteres Dienstbotenzimmer, und ein wenig zögernd schlug Targatt vor, zur Unterstützung von Hilda ein Mädchen einzustellen. Aber Nadescha meinte, nein, sie glaube nicht, daß Hilda daran gelegen sei. Der Raum sei genau das richtige für Paul, ihren jüngeren Bruder, der Geiger werden wollte.

Targatt haßte Musik, und als richtiger New Yorker litt er heftig unter hartnäckig wiederkehrenden Geräuschen. Aber Paul, ein sympathischer Bursche, auch er mit langen Wimpern, zog in das Zimmer neben dem von Hilda ein und übte den ganzen Tag und die halbe Nacht Geige. Das Zimmer lag direkt über jenem, das Targatt mittlerweile mit Nadescha teilte und das sie – bis auf die Stelle, wo sein Rasiertisch stand – ganz für sich allein in Besitz genommen hatte. Er war nachsichtig mit Pauls Lärm, nur Hilda streikte. Sie sagte, sie liebe Musik, von der sie

Heimweh bekomme, diese hier aber raube ihr den Schlaf. Und zu Targatts Entsetzen verkündete sie, am Monatsende zu gehen.

Es war für ihn der schwerste Schlag, seit er einmal – jenes einzige Mal – auf der falschen Seite des Tresens gestanden hatte. Er hatte nicht die Zeit, anderen Dienstboten nachzujagen, und Nadescha hatte gewiß keine Ahnung, woher man welche bekam. Und als er ihr die Nachricht überbrachte, stimmte sie seiner Ansicht sogar zu. »Aber wozu brauchen wir überhaupt ein Dienstmädchen? Ich habe das nie verstanden«, sagte sie. »Und Hildas Zimmer wäre genau das richtige für meine Schwester Olga, die Sängerin werden will. Sie könnte zusammen mit Paul üben – «

»O Gott!« rief Targatt.

»Und wir könnten alle in Restaurants gehen – jeden Abend in ein anderes. Das wäre viel amüsanter, nicht wahr? Es gibt doch Leute, die zum Putzen kommen, oder? Hilda war eine Diebin. Ich wollte dir nichts sagen, aber . . .«

Binnen einer Woche war die junge Olga, deren Wimpern noch länger waren als die von Paul, im anderen Dienstbotenzimmer einquartiert, und noch im selben Monat ließ Targatt einen Flügel in seinem Salon aufstellen (er nahm dort den Platz ein, den Nadeschas Diwan gerade noch übrigließ), damit Nadescha Olga begleiten konnte, wenn Paul nicht zur Verfügung stand.

3

Bis dahin hatte Targatt nicht oft an Nadeschas Familie gedacht. Er nahm an, sein Schwiegervater sei ein hoher Würdenträger am Hof des Zaren gewesen, mit riesigen Ländereien und einem Heer von Sklaven – nein, er glaubte nicht, daß es in den fremden Ländern östlich oder südlich Rußlands noch Sklaven oder Leibeigene, oder wie sie auch hießen, gab. Targatt wußte in Geographie nicht gut Bescheid. Er besaß keinen Atlas und fand auch nie die Zeit, in die öffentliche Bibliothek zu gehen, um sich über die heimischen Gefilde seines Schwiegervaters zu informieren. Er war nie zum Lesen oder zum Nachdenken über etwas anderes als das Geldverdienen gekommen. Er wußte nur, daß der alte Kuradschin ein hohes Tier in einem der Länder gewesen war, in denen die Bolschewiken das Eigentum konfiszierten und Frauen (wie auch die jungen Männer) anscheinend lange Wimpern hatten. Doch das war ein versunkenes Märchen. Jetzt war der Alte nur Nummer Soundso auf einer Versorgungsliste, während Paul und Olga und die übrigen (Targatt wußte noch immer nicht, wie viele) auf ähnlichen Listen rangierten, wenn auch auf bescheideneren Plätzen, da anzunehmen war, daß sie für ihren Lebensunterhalt selber sorgen konnten. Doch waren sie auch tatsächlich fähig dazu, konnten sie wirklich Geld verdienen? Dies begann sich Targatt im Lauf der Zeit zu fragen.

Targatt war kein besonders geselliger Mensch. Aber während seiner Junggesellenjahre hatte er dann und wann gern einen Freund zum Essen eingeladen, und sei's auch nur, damit der Glanz auf seinem Mahagonitisch bestaunt und Hildas Wiener Schnitzel gerühmt wurde. Das war nun alles vorbei. Seine Mahlzeiten nahm er in Restaurants ein, immer in einem anderen. Und gewöhnlich waren auch Paul, Olga, Serge (der Maler) und die geschiedene Schwester Katinka mit von der Partie, die drei Kinder hatte und Dmitri, einen Flüchtling, liebte.

Zunächst fand Targatt diese Lebensweise unbequem, und lästig sogar, doch da sie sich anscheinend nicht vermeiden ließ, fügte er sich und begrub seine privaten Kümmernisse unter wachsender geschäftlicher Aktivität.

Seine Arbeit verdreifachte sich vor allem insofern, als sie nicht länger auf seine eigenen Belange beschränkt blieb, sondern immer öfter auch Bemühungen mit einschloß wie eine Ausstellung von Serges Bildern zu organisieren, Stipendien für Pauls Geigenunterricht aufzutreiben, jemanden davon zu überzeugen, daß er Olga für eine Konzerttournee engagieren müsse, Katinka eine Stelle bei einem Couturier zu verschaffen und einen Freund bei einer Bank zu bereden, daß er Dmitri als Dolmetscher für Auslandskunden empfahl. Das alles war recht schwierig, und hätte Nadeschas unverwüstlicher Optimismus Targatt nicht bestärkt, hätte ihn womöglich der Mut verlassen. Die Krönung der Probleme war jedoch die Frage, was aus Boris werden sollte, dem jüngsten Bruder, der erst siebzehn war und die längsten Wimpern von allen hatte. Für die Schule war er zu alt, für die Arbeit in einer Bank oder bei einem Börsenmakler zu jung, und zu unbekümmert und verantwortungslos, um die Stelle – wäre sie ihm denn angeboten worden – länger als einen Tag zu behalten. Während der ersten drei Ehejahre hatte Targatt nur eine vage Vorstellung von Boris' Existenz, weil dieser nicht bei der ersten Fracht der Familie nach Amerika mit dabeigewesen war. Doch plötzlich kreuzte er allein auf, aus Odessa oder aus Athen, und gesellte sich im Restaurant zu der übrigen Bagage. Zu dieser Zeit waren die Kassen des »Hilfsfonds Ost« fast leer, und trotz aller Bemühungen Targatts war es unmöglich, für Boris finanzielle Unterstützung aufzutreiben, so daß der sich die ersten Monate angenehm ziellos auf Nadeschas Diwan räkelte. Und weil er in bezug auf die Qualität seiner Zigaretten äußerst wählerisch war und täglich ein gehöriges Quantum davon konsumierte, betrachtete Targatt zum erstenmal jemanden aus Nadeschas Familie mit einem gewissen Groll.

Boris wäre womöglich weniger lästig gefallen, hätte Targatt dem Rest der Familie bei seiner Ankunft Beine machen können. Doch sooft er dies auch versuchte, sie fielen unweigerlich über ihn her: Serge wurde seine Bilder nicht los, Paul konnte kein Engagement in einem Orchester finden, Olga hatte zu singen aufgehört und zu tanzen angefangen, so daß ihr Unterricht von neuem begann, und der Gedanke an Dmitri und Katinka und Katinkas drei Kinder war der Entspannung nach einem schweren Tag in der Wall Street auch nicht eben förderlich.

Trotzdem konnte Targatt einem Angehörigen der Kuradschin-Sippe nie länger als ein paar Augenblicke böse sein. Einige Jahre lang bemerkte er dies kaum. Er hatte sich nie gerne selbst analysiert oder andere ergründet, es sei denn, Geschäfte waren im Spiel. Fast noch in der Kinderstube war ihm beigebracht worden, wie man Faktoren, die einen bestimmten Geschäftsverlauf entscheiden, erkennt und Einfluß auf sie nimmt. Doch von den Triebkräften der menschlichen Natur wußte er so wenig, als befinde er sich noch immer im Kinderzimmer. Ihm war kaum bewußt, daß Nadescha dies aufgefallen war; es hatte sie ein wenig amüsiert. Einmal, als sie mit einem seiner Geschäftsfreunde gespeist hatten und dessen Gattin, eine glotzende Nervensäge, auf die alte Frage zu sprechen gekommen war, inwieweit Mütter ihre Töchterchen über – na ja, Sie wissen schon . . . unterrichten . . . nun, *was genau* sie ihnen erklären sollen? Eine verzwickte Angelegenheit, Mrs. Targatt, nicht wahr? So in die Enge getrieben, hatte Nadescha mit einem Ausdruck echter Verwunderung auf das Problem reagiert. »Unterrichten? Muß das etwa unterrichtet werden? Ich denke, die Natur bringt ihnen das bei, oder nicht? Ich würde sie zunächst im Nähen und Kochen unterrichten«, hatte sie mit ihrem unbestimmten Lächeln erklärt. Und als Targatt jetzt den Fall Kuradschin überdachte, fiel ihm plötzlich ein: »Aber ja, das ist es! Die Natur hat es die Kuradschins gelehrt. Es ist eine Begabung wie die Stimme eines Tenors. Man muß nur wissen, wie man den besten Gebrauch von ihr macht –«, und er grübelte über diese neuentdeckte Eigenschaft nach. Was war es? Charme? Um Himmels willen! Allein das Wort machte ihm eine Gänsehaut, wenn er an die öden Picknicks und noch öderen Dinner dachte, bei denen – rosa Häppchen in spitzen Papiertüten – die Diskussion der Frage »Was ist Charme?« als Grundnahrungsmittel gedient hatte. »Vor einer Frau mit Charme würde ich mich schnellstens aus dem Staube machen – wie die meisten Männer übrigens«, dachte Targatt rückblickend mit einem Schauder. Und zum erstenmal versuchte er eine bewußte Bestandsaufnahme von Nadeschas Eigenschaften.

Sie war nicht schön; dessen war er sicher. Es fiel ihm nicht leicht, Menschen richtig zu sehen, selbst wenn sie vor ihm standen, geschweige denn, wenn sie nicht zugegen waren und er sie sich vorstellen sollte. Wenn Nadescha nicht bei ihm war, kam ihm nur etwas angenehm Verschwommenes in den Sinn. Aber er war nicht so blind, um nicht zu wissen, wann eine Frau schön war. Doch Schönheit war zum Anschauen da, nicht, um mit ihr zu leben. Er hatte nie eine schöne Frau heiraten wollen. Und Nadescha war auch nicht klug – jedenfalls nicht im Gespräch. (Und das, so fand er, war gewiß einer ihrer Vorzüge.) Und was die anderen sogenannten gesellschaftlichen Tugenden betraf: Karten zum Beispiel? Nun, er wußte, wenn Nadescha und Katinka sich von ihm unbeobachtet wähnten, konnte es schon vorkommen, daß sie ein altes Kartenspiel hervorholten und sich die Zukunft legten. Aber etwas so Technisches wie Bridge erschreckte Nadescha; und sie war schlau genug, es nicht lernen zu wollen. Soweit das Gesellschaftliche. Und was das Häusliche betraf, so konnte man sie kaum als ordentliche Wirtschafterin bezeichnen, schätzte er. Doch wenn er an seine Mutter dachte, die in dieser Hinsicht als leuchtendes Beispiel galt, war er auch für diese Unzulänglichkeit Nadeschas dankbar. Schließlich sagte er sich: »Sie gefällt mir wohl wegen all dem, was sie *nicht* ist.« Das war nicht zufriedenstellend, doch er konnte es nicht besser ausdrücken. »Sie paßt ja irgendwie dazwischen«, schloß er. Und so unangemessen auch dies klang, glaubte er, den Kuradschins damit auf die Spur gekommen zu sein. Ja, gewiß paßten sie dazwischen: sie drückten und schubsten zwar ein bißchen, aber nie – und dies war der springende Punkt – stachen sie einem ins Fleisch wie der sprichwörtliche Stachel oder rückten einem unangenehm auf den Pelz oder ließen aus irgendeinem Grund den Wunsch aufkommen, sie wären besser nicht da.

Targatt war sich dieser Eigenschaft zunächst kaum bewußt gewesen, doch zog sie nun seine ganze Aufmerksamkeit auf sich, als er plötzlich ihre geschäftlichen Möglichkeiten entdeckte: Der kleine Boris brauchte ihn nur um hundert Dollar für die Fahrt nach Hollywood anzupumpen, und siehe da, schon war der kleine Boris mit einem weltberühmten Filmstar verlobt! Unter dem Eindruck dieses erstaunlichen Ereignisses fiel Targatt plötzlich wieder ein, daß Katinka ihn erst kürzlich gebeten hate, Dmitri, der in der Bank auf keinen grünen Zweig kam, für irgendeinen Job im Büro eines verwitweten Millionärs – ein Stern an Targatts geschäftlichem Firmament – eine Referenz zu schreiben. Targatt war lustlos auf das Ansinnen eingegangen. »Deine Schwester ist verrückt«, sagte er zu Nadescha. »Wie kann ich jemandem wie Bellamy diesen Burschen empfehlen? Hat er überhaupt eine kaufmännische Ausbildung?«

»Nun, wir wissen, Mr. Bellamy sucht einen Buchhalter. Und er hat dich gefragt, ob du jemanden kennst«, sagte Nadescha.

»Ja. Aber wo ist Dmitris Qualifikation? Versteht er auch nur das mindeste von Buchhaltung?«

»Nein, noch nicht. Aber er meint, er könne sich eventuell ein schmales Bändchen darüber kaufen.«

»O Gott!« stöhnte Targatt.

»Und wenn schon! Glaubst du nicht, Liebling, daß du ihn empfehlen kannst?«

»Nein, leider nicht.«

Nadescha insistierte nicht weiter; das tat sie nie. »Ich habe ein neues Restaurant ausfindig gemacht, da gibt's viel bessere Blinis. Soll ich allen sagen, wir treffen uns dort um halb acht?« schlug sie vor.

Doch jetzt, im Licht der Neuigkeiten von Boris, dachte Targatt noch einmal über dieses Gespräch nach. Dmitri war ein unverbesserlicher Narr. Aber Katinka – wenn er ihr das Empfehlungsschreiben für den alten Bellamy gab? Targatt wußte nicht genau, wie er das formulieren sollte, aber er nahm an, Nadescha werde ihm dabei schon behilflich sein. In solchen Dingen war sie wirklich sehr geschickt. Einige Tage später fragte er: »Hat Dmitri Arbeit gefunden?«

Sie blickte ihn überrascht an. »Nein. Weil du ihn nicht empfehlen wolltest, hat er das Buch auch nicht gekauft.«

»Zum Teufel mit dem Buch ... Paß auf, Nadescha: Angenommen, ich sollte Katinka ein Schreiben für den alten Bellamy geben ...«

Er war ein wenig verlegen mit dem Vorschlag herausgerückt und erwartete schon, ihn erklären zu müssen. Doch nicht Nadescha. »Oh, Liebling, du hast immer die richtige Idee«, antwortete sie und küßte ihn. Und wie vorausgesehen, erklärte sie ihm, wie er den Brief formulieren mußte.

»Und ich leihe ihr meinen Silberfuchs«, fügte sie hinzu. In ihren Umgangsformen waren die Kuradschins Targatt nämlich weit überlegen.

Katinka suchte Mr. Bellamy auf, und als sie zurückkehrte, berichtete sie zufrieden von ihrem Besuch. Was Dmitri betraf, so war noch nichts entschieden, denn sie hatte zugeben müssen, daß er kein gelernter Buchhalter war. Mr. Bellamy sei aber sehr nett gewesen und habe sie eingeladen, ihn gelegentlich nachmittags zu Hause zu besuchen und sich seine Gemäldesammlung anzusehen.

Auch von diesem Besuch kehrte Katinka gutgelaunt zurück, obwohl sie für Dmitri anscheinend nichts weiter erreicht hatte. Doch Mr. Bellamy hatte sie zum Essen

und ins Theater eingeladen. Und ein paar Wochen später eröffnete sie Targatt und Nadescha: »Ich glaube, ich ziehe zu Mr. Bellamy. Er hat eine leerstehende Wohnung für mich, und er will sie hübsch möblieren.«
Obwohl Targatt gern betonte, tolerant zu sein, ließ ihn diese Vorstellung leicht erschaudern. Dmitri gegenüber war es offensichtlich rücksichtslos, und ausgesprochen peinlich, was ihn und Nadescha betraf.
»Aber Katinka, wenn sich Bellamy so in dich verliebt hat, sollte er dich auch heiraten«, sagte er ernst.
Katinka nickte zustimmend. »Gewiß sollte er das. Und wenn ich erst ein paar Monate bei ihm gewohnt habe, wird er das auch tun.«
Dies warf alle Theorien über den Haufen, die Targatt über seine Geschlechtsgenossen hatte. »Aber, mein armes Kind – wenn du mit einem Mann zusammenlebst wie... wie irgendeine Frau, die er für Geld haben kann, weshalb um alles in der Welt sollte er dich später heiraten?«
Katinka sah ihn ruhig an. Sie hatte nicht so lange Wimpern wie Nadescha, aber in ihren Augen lag ebensoviel Weisheit. »Aus Gewohnheit«, sagte sie kurz und bündig, und im selben Moment lag Targatts überkommenes Weltbild in Scherben zu seinen Füßen. Wer wußte besser als er, daß man, hatte man sich erst an die Kuradschins gewöhnt, nicht mehr zu retten war? Er sagte weiter nichts, sondern lehnte sich zurück, um zuzusehen, was mit Mr. Bellamy geschah.

4

Mr. Bellamy bot Dmitri keine Stelle als Buchhalter an, aber kurz nach seiner Heirat mit Katinka nahm er ihn als Privatsekretär ins Haus. Targatt war zunächst verblüfft und nahm Anstoß daran, doch Nadescha teilte diese Anwandlung nicht. »Das ist sehr nett«, sagte sie. »Ich war mir sicher, daß Katinka Dmitri nicht im Stich lassen würde. Und Mr. Bellamy ist so generös. Er will ihre drei Kinder adoptieren.«

Man darf indes nicht glauben, das Schicksal aller Kuradschins sei so reibungslos verlaufen. Einen kurzen Augenblick hatte Targatt sich vorgestellt, der betörte Bellamy nähme die ganze Sippschaft unter seine Fittiche, aber in der Wall Street ging es allmählich unruhiger zu, und Mr. Bellamy beschränkte seine Gastfreiheit auf Dmitri und Katinkas Kinder und zeigte wie die meisten richtig Reichen kein Interesse für jene, deren Mißgeschick das eigene komfortable Leben nicht unmittelbar berührt. So war sogar der Traum von einer gemeinsamen Verantwortung geplatzt, und Targatt sah sich weit weniger glänzenden Geschäftsaussichten, aber noch immer einer beträchtlichen Anzahl von Kuradschins gegenüber, für die gesorgt werden wollte. Hauptsächlich Olga machte Sorgen. Sie war nicht so umgänglich, paßte nicht so gut dazwischen wie die anderen, und ihre verschiedenen Versuche im Singen und Tanzen waren mangels Geduld allesamt gescheitert. Aber sie war mit Abstand die Schönste der Familie – das jedenfalls glaubte Nadescha. Und schließlich beschloß Targatt, ihr die Fahrt nach Hollywood zu finanzieren, in der Hoffnung, daß Boris schon dafür sorgen würde, aus ihr eine Leinwandgröße zu machen. Der Plan wurde jedoch von einem Telegramm von Boris durch-

kreuzt, das beunruhigenderweise in Reno aufgegeben worden war: »Olga dabehalten. Scheidung von Halma.«
Zum erstenmal seit seiner Heirat verlor Targatt wirklich den Mut. Gab es vielleicht zu viele Kuradschins, und ließ womöglich der Kuradschin-Gewöhnungseffekt allmählich nach? Die ganze Familie war über Boris' Nachricht zutiefst besorgt, und als er nach der kurzen Zeit, die für die Scheidung von einem Filmstar nötig war, aus Reno verschwand und in New York auftauchte, hielt man seine ungetrübt sonnige Laune in Anbetracht der Situation für unangemessen. Nadescha, optimistisch wie immer, deutete dies als Hinweis darauf, daß er einen anderen und sogar noch reicheren Filmstar heiraten würde. Gott bewahre, sagte Boris, mit Hollywood sei Schluß. Bellamy und Katinka boten ihm keine Bleibe an, und so lief es darauf hinaus, daß sein Lager auf dem Sofa im Salon hergerichtet wurde, während er das Bad mit Targatt und Nadescha teilte.
So schleppten sich die Dinge ein paar Wochen hin, bis sich Nadescha eines Tages vertraulich an ihren Mann wandte. »Er hat drei Millionen erhalten«, flüsterte sie mit großen Augen. »Er weiß das erst seit gestern. Der Scheck ist da. Findest du nicht, Liebling, sie hätte ihm mehr zukommen lassen sollen?«
Targatt fand das nicht; Boris' Leistung hatte ihm die Sprache verschlagen. »Was wird er damit machen?« stammelte er.
»Nun, er will es erst einmal anlegen und dann an den Lido reisen. Ich glaube, da ist ein junges Mädchen, das er liebt. Ich wußte ja, umsonst läßt Boris sich nicht scheiden. Er hat dort eine Verabredung mit ihr.«
Targatt konnte einen Anflug von Entrüstung nicht unterdrücken. Ob Boris denn nichts für seine Familie tun

wolle, ehe er die Millionen investiere? Nadescha sagte, daran habe sie auch schon gedacht; doch Boris hätte gesagt, er habe das Geld am Morgen angelegt und vor Ablauf des Quartals gebe es natürlich keine nennenswerte Dividende. Und weil er doch so verliebt war, habe er für den nächsten Tag seine Schiffspassage auf der »Berengaria« gebucht. Targatt finde das doch ganz normal, nicht wahr?

Targatt schluckte seinen Zorn hinunter und sagte, ja, das sei wohl ganz normal. Wenn der Junge ein nettes Mädchen gefunden hatte, das er wirklich liebte und ehrte, und auch genügend Geld besaß, um sie zu heiraten und einen Hausstand mit ihr zu gründen, konnte schließlich niemand ihm verübeln, daß er forteilte und seine Sache vorantrieb. Und Boris eilte.

Obwohl zwei Kuradschins nun ausgeschieden waren, trat der erhoffte Effekt der Verkleinerung der Sippe nicht ein. Im Gegenteil – sie war sogar noch größer geworden, denn plötzlich waren drei neue Mitglieder aufgetaucht: Zum einen eine ältere und vollkommen mittellose Prinzessin (eine Cousine um mehrere Ecken, erklärte Nadescha), mit der der alte Kuradschin eine späte Verbindung eingegangen war, nachdem er den Rest der Familie versorgt wußte. (»Er konnte nicht anders«, stimmten Katinka und Nadescha mit dunkler Andeutung zu.) Und die anderen Neuankömmlinge waren – sensationeller noch – zwei hübsche junge Geschöpfe, die in der Sippe als Nick und Mouna bekannt waren, deren Probleme mit der Einwanderungsbehörde jedoch vermuten ließen, daß ihre Zunamen mit Recht angezweifelt wurden. Durch Targatts Intervention konnten die Zweifel schließlich aus dem Weg geräumt werden, und, den Fängen von Ellis Island entrissen, gesellten sich Nick und Mouna fröhlich

zu der Gesellschaft im »Transkaukasien«, wiederum einem neuen Restaurant, auf das Nadescha erst kürzlich gestoßen war.
Targatts Erfahrung in menschlichen Verhältnissen hatte stark zugenommen. Er hatte seine Zweifel an der Abstammung von Nick und Mouna, und als Nadescha ihm eines Nachts (hinweg über Boris' Getöse im Bad nebenan) zuflüsterte: »Weißt du, der arme Papa fand, er könne sie nicht länger unversorgt lassen«, fiel ihm nicht im Traum ein, nach dem Grund zu fragen.
Jetzt gab es bereits sieben Kuradschins, die mehr oder weniger von ihm abhängig waren, und am nächsten Abend blieb er lange auf und dachte nach und rechnete. Das Resultat dieser durchwachten Nacht konnte er nicht einmal Nadescha unverblümt erklären. Aber am nächsten Morgen fragte er: »Was ist eigentlich aus Bellamys Wohnung geworden, in der Katinka vor . . .«
»Er hat ihr den Mietvertrag zur Hochzeit geschenkt. Aber anscheinend sind die Leute nicht mehr so reich wie früher, und weil die Wohnung so hübsch ist und die Miete ist hoch, können die Bewohner sie sich nicht länger leisten –«
»Dann sage deiner Schwester«, verkündete Targatt mit plötzlicher Entschlossenheit, »wenn sie die Miete um fünfundzwanzig Prozent senkt, übernehme ich den Vertrag.«
»Ach, James, du bist ein Engel!« jubelte Nadescha. »Aber was willst du mit der Wohnung?«
Targatt warf sich in die Brust. »In ihr wohnen«, erklärte er tollkühn.

5

Es war das erste Mal (abgesehen von seiner Heirat mit Nadescha), daß er so tollkühn gewesen war, und zweifellos genoß er dieses Gefühl. Aber es ging ihm nicht nur um Freude: ihm schwebte etwas Bestimmtes vor. Was dies wäre, darüber wollte er gegenwärtig noch mit niemandem sprechen. Nur Katinka, die unter Anleitung von Mr. Bellamys erfahrenem Butler einige Grundkenntnisse in der Haushaltsführung erworben hatte, bat er, Nadescha richtige Dienstboten zu vermitteln und ihr zu zeigen, wie man sie einsetzte. Dann verkündete er seiner Frau, er habe beschlossen, gelegentlich kleine Gesellschaften zu geben. Nadescha und er hatten bei den Bellamys einige illustre Bekanntschaften gemacht, und die luden sie nun ein in ihre neue Wohnung, servierten ihnen exotische Speisen und stimulierten sie mit ausgefallenen Cocktails. Bei diesen Anlässen lernten Targatts neue Freunde die jüngeren und hübschen Kuradschins kennen: Paul, Olga, Nick und Mouna, und stets gingen sie von dieser Begegnung bezaubert von dannen.

Diese neue Lebensweise brachte enorme Ausgaben mit sich, die noch weiter stiegen, als Nadescha auf Targatts Drängen Olga, Nick und Mouna bat, bei ihnen einzuziehen. Nadescha war überwältigt vor Dankbarkeit, die sie wie ihre übrigen Gefühlsregungen indes so subtil nuancierte, daß sie wie sanfter Himmelstau auf Targatt fiel und ein neues Zartgefühl in ihm aufkeimen ließ. Aber er verriet noch immer nichts. Er hatte seinen Plan, und weil Nadescha ihn nicht mit Fragen bedrängen würde, lehnte er sich getrost zurück – und obwohl die Wall Street immer unruhiger wurde, Boris nichts von sich hören ließ

und Paul und Olga noch immer stellungslos waren, übte er sich in Geduld.
Die kleinen Dinner der Targatts und Nadeschas exklusive Cocktailpartys waren bei der Hautevolee der letzte Schrei. Fast immer nahmen auch ein oder zwei der reizenden jungen Kuradschins an ihnen teil; da diese neuerdings jedoch in der hocheleganten Park Avenue und im verrücktesten Long Island mächtig umworben waren, mußten sich die Targatts im voraus ihrer Anwesenheit versichern, weshalb nie die Gefahr bestand, daß sich zu viele von ihnen auf ihrem Parkett tummelten.
Im Gegenteil: manchmal erschien gar keiner. Und nach einem dieser Abende, als Targatt, dessen Party sichtlich nicht »in Fahrt gekommen« war, seinem Ärger über den abwesenden Serge Luft machen wollte, sagte Nadescha sanft: »Es tut mir leid, daß Serge dir nichts gesagt hat. Aber ich glaube, er hat heute Mrs. Leeper geheiratet.«
»Mrs. Leeper? Doch nicht die Frau aus der Zahnpasta-Dynastie, die er bei Bellamy kennengelernt hat und deren Ballsaal er dekorieren sollte?«
»Ja, die. Aber ich glaube, sie wollte ihren Ballsaal schließlich doch nicht von ihm dekorieren lassen. Statt dessen hat sie ihn geheiratet.«
Vor einem Jahr noch hätte es Targatt – von einem verständnislosen Stöhnen abgesehen – die Sprache verschlagen. Doch inzwischen hatte seine Entwicklung große Sprünge gemacht, so daß er jetzt nur sagte: »Verstehe.« Dann widmete er sich stillvergnügt wieder seinem Frühstück. Am Tag zuvor hatte er von Serges Schneider eine Rechnung bekommen und sich die halbe Nacht überlegt, was er Serge erzählen würde, wenn der ihm über den Weg liefe. Jetzt bemerkte er bloß: »Diese Frau hat zwei Millionen Dollar im Jahr.« Und insgeheim

dachte er, daß sein Experiment mit der Wohnung besser klappte, als er sich hatte träumen lassen. Wenn Serge schon so leicht loszuwerden war, brauchte man auch wegen Paul und Olga nicht zu verzweifeln. »Hat Mrs. Leeper nicht einen Neffen?« fragte er Nadescha, die – als hätte sie seine Gedanken gelesen – bedauernd erwiderte: »Ja, aber der ist leider schon verheiratet.«
»Dann schick Boris hin«, spottete er. Und Nadescha, die nie lachte, schmunzelte und entgegnete: »Boris heiratet auch bald.« Sie reichte ihrem Mann die Morgenzeitungen, die durchzusehen er noch nicht die Muße gefunden hatte, und er las die Schlagzeilen, die großartig die »Vermählung von Prinz Boris Kuradschin, Sohn des Prinzen Peter Kuradschin, Erbsouverän von Dagestan, Kammerherr am Hof Seiner letzten Kaiserlichen Majestät, Zar Nikolaus, mit Miß Mamie Guggins aus Rapid Rise in Oklahoma« verkündeten. »Boris hat Vaters Stellung ein bißchen zu hoch veranschlagt«, kommentierte Nadescha, aber Targatt sagte nachdenklich: »Das Vermögen der Guggins kann man gar nicht hoch genug veranschlagen.« Und Nadescha seufzte still.
Man darf nicht glauben, Targatt hätte vom Zuwachs des Kuradschinschen Vermögens direkt profitiert. Er hatte es auch nie erwartet, ja, nicht einmal erhofft. Niemand bot ihm je an, etwas von den Summen, die er für vergeblichen Unterricht und gefällige Garderobe seiner angeheirateten unwiderstehlichen Lieben aufgewandt hatte, zurückzuerstatten, noch hatten sich Targatts atemberaubende Restaurantrechnungen durch ein Angebot zur Beteiligung reduziert. Nur die alte Prinzessin (wie sie bei den vielen jungen ringsum kurzerhand genannt wurde, wenn sie außer Hörweite war) hatte an ihrem Hochzeitstag mit Tränen in den Augen verkündet:

»Glaub mir, mein lieber James, was du für uns getan hast, wird nicht vergessen sein, wenn wir nach Dagestan zurückkehren.« Und sie hatte dies mit solch echter Rührung gesagt, die Tränen waren so erquickend für ihre herrlichen müden Augen, daß Targatt sich in diesem Moment entschädigt fühlte.

Anderen und handfesteren Gewinn gedachte er aus seiner Allianz mit den Kuradschins zu ziehen, und die Aussicht darauf war es, die sein Tun bestimmte. Seit jenem Tag, an dem er auf die Idee verfallen war, Katinka zu Mr. Bellamy zu schicken, um ein Wort für Dmitri einzulegen, war Targatt nicht ein einziges Mal von seinem Plan abgewichen. Langsam, aber sicher brachte er nun seine Ernte ein.

Mr. Bellamy zum Beispiel hatte keine Möglichkeit gesehen, zum Unterhalt der jungen Kuradschins beizutragen, aber er war immerhin bereit, Targatt am Rande bei den Verhandlungen um eines jener lukrativen Geschäfte teilnehmen zu lassen, die gewöhnlich den bereits Vermögenden vorbehalten sind. Mrs. Leeper wieder ermöglichte ihm, zu außergewöhnlich günstigen Konditionen ein Aktienpaket der Zahnpasta-Dynastie zu erwerben. Und nachdem die Welt der Mode und des Geldes die jüngeren Kuradschins zur Kenntnis genommen hatte und in ihren Bann geschlagen worden war, eröffneten sich Targatt fast unbegrenzte Möglichkeiten, schnell zu Geld zu kommen. Und beim Gedanken, wie alle bisherigen Verbindungen der Kuradschins vor dem exorbitanten Reichtum von Boris' Braut verblaßten, lief ihm ein angenehm warmer Schauer über den Rücken. »Der Bursche steht bei mir ziemlich tief in der Kreide«, dachte er, doch er rechnete nicht damit, daß Boris seine Schulden auch begleichen würde. Man hatte zwar Boris' neue

Prinzessin dazu bewegt, ihre abgelegte Garderobe an Olga und Mouna weiterzugeben, und Boris schenkte seinen Brüdern und seinem Schwager Zigarettenetuis, aber damit hatte die Verschwendung auch ihr Bewenden. Targatt jedoch war unbesorgt. Den großen Mr. Guggins wollte er schon seit Jahren unbedingt kennenlernen, und jetzt war er mit dem einzigen Kind dieses Herrn bereits verwandt!

Unter dem Einfluß häuslichen Glücks oder von Alkohol war Mr. Guggins fast ebenso seelenvoll wie die Kuradschins. Nachdem er sich von seinem Kind verabschiedet hatte, nahmen ihn Targatt und Nadescha bei seiner Rückkehr nach New York im Hafen mit dem Vorschlag in Empfang, am Abend mit den übrigen Kuradschins in einem phantastischen neuen Restaurant zu speisen. Und Mrs. Guggins war von der alten Prinzessin so angetan, der sie anvertraute, wie mühselig es war, in Rapid Rise anständige Fensterputzer aufzutreiben, daß Targatt den alten Mann, wie er sagen würde, am nächsten Tag in der Tasche hatte. Mr. Guggins blieb eine Woche in New York, und bei seiner Abreise wußte Targatt genug über dessen Unternehmen, um ein paar nützliche Investitionen in die Wege zu leiten. Und Olga wurde von Mrs. Guggins als Privatsekretärin entführt.

6

Angespornt von diesen Erfolgen, entfaltete sich Targatts spät entwickelte Phantasie wie ein indischer Zauberbaum. Die Aussichten, was mit den Kuradschins geschehen sollte, schienen grenzenlos. Für den alten Prinzen hatte er schon einen Posten als Repräsen-

tant eines führenden Pariser Galeristen in New York ausfindig gemacht, Paul und Nick traten als Tänzer in eleganten Nachtclubs auf, und im Moment bliebt Targatt nur noch die hübsche, aber schwierige Mouna im Kopf und auf der Gehaltsliste erhalten.
Zum erstenmal im Leben kostete Targatt die Früchte des Müßiggangs, und sie schmeckten überraschend süß. Er war nicht mehr der Jüngste, eine Partie Golf dauerte bereits länger als früher, und gelegentlich ertappte er sich dabei, wie er seine netten Geschichten demselben Zuhörer zweimal erzählte. Auf einmal war das Leben aufregend und harmonisch zugleich, und er mußte gestehen, daß seine Interessen enorm zugenommen hatten. All das verdankte er zuallererst natürlich Nadescha. Die arme Nadescha: sie war auch schon nicht mehr die Jüngste. Zwar noch schlank und agil, hatte sie doch um die Augen bereits feine Linien, und ihre Mundwinkel hingen leicht herab. Andere hätten diese Anzeichen womöglich übersehen, dachte Targatt, ihm aber waren sie nicht entgangen. Er, der in Gegenwart einer Schönheit einst so blind gewesen war, hatte sich zum Meister in der Beurteilung des menschlichen Körpers gemausert und lächelte wissend, wenn seine neuen Freunde Mounas unverbrauchten Charme rühmten oder die Waagschale zugunsten der entwickelteren Olga sinken ließen. Da war nichts, was ihm jemand jetzt noch über die »Vorzüge« der Kuradschins hätte sagen können: er hatte sie sämtlich tabellarisch erfaßt, als seien sie Jahrgangsweine. Und tröstlich zu wissen, daß Nadeschas Marktwert am geringsten war. Es war pures Glück – Teil seines wunderbaren Glückes mit den Kuradschins –, daß seine Wahl auf diejenige gefallen war, um die nie der mindeste Wirbel oder Skandal entstehen würde. Nach einem aufre-

genden Tag an der Wall Street oder einem zermürbenden Kampf, um Paul oder Mouna mal wieder aus der Patsche zu helfen, tauchte er zufrieden in seine unerschütterte Häuslichkeit ein.

Indes kam der Tag, an dem er allmählich bemerkte, daß der Vergleich zwischen seiner Frau und ihren Schwestern überdeutlich zu Nadeschas Nachteil ausfiel. Lag es an den raffinierteren Kleidern der anderen oder – wie bei Katinka – am edleren Schmuck? Arme Nadescha, dachte er. Außer ihrem Verlobungsring, einem schäbigen Ding übrigens, hatte sie nie Schmuck besessen. Verlor sie mit fortschreitendem Alter womöglich an Reiz, so daß sie auf die dezente Hilfe der Schneider und der Schönheitssalons angewiesen war? Leicht verlegen meinte er, sie dürfe nicht hinter Katinka zurückstehen, die zwei oder drei Jahre älter war. Und er bekräftigte dies mit einem Diamantcollier von Cartier und dem gutgelaunten Rat, Mrs. Bellamys Schneider auszuprobieren.

Nadescha nahm das Schmuckstück mit angemessenem Entzücken in Empfang und erschien beim nächsten Dinner in einem Gewand, das allen Anwesenden angenehm auffiel. Katinka sagte: »Nun ist unsere arme Nadescha endlich einmal *angezogen*«, und Mouna war sichtlich eingeschnappt und ließ ihren Schwager wissen: »Wenn mich die richtigen Leute ansprechen sollen, müßtest du mir auch ein paar Sachen bei Nadeschas Schneider machen lassen.«

Alles war, wie es sein sollte, und Targatts Befriedigung nahm noch zu, als er sah, wie seine Frau wieder aufblühte. Er fand es seltsam, daß sogar bei einer vernünftigen Frau wie Nadescha Kleider und Schmuck belebend wirken konnten. Aber die Kuradschins *waren* ja auch seltsam, und für Targatt bestand um nichts in der Welt ein

Grund, ihnen eine ihrer kleinen Extravaganzen zu mißgönnen – insbesondere, da jetzt Olgas Verlobung mir Mrs. Guggins' Bruder (Repräsentant der Gugginsschen Niederlassungen in London und Paris) offiziell bekanntgegeben wurde. Als die Nachricht eintraf, überreichte Targatt seiner Frau ein Paar Smaragdohrringe und schlug ihr vor, die Sommerferien mit ihm in Paris zu verbringen.

Im Winter desselben Jahres versetzte die Meldung New York in Aufregung, der berühmte Porträtist Axel Svengaart treffe ein, um sich ein auserwähltes halbes Dutzend Modelle »vorzunehmen«. Svengaart war nie zuvor in New York gewesen und hatte immer wieder beteuert, wer von ihm gemalt werden wolle, müsse in sein Osloer Atelier kommen. Aber plötzlich war er auf die Idee verfallen, ein amerikanischer Hintergrund könne seiner Arbeit eine neue Dimension verleihen, und nachdem er eine Dame gemalt hatte, die vor der Automobilfabrik des Ehegatten ihrem Wagen entstieg, und Mrs. Guggins vor einer sprudelnden Ölquelle in Rapid Rise, tauchte er in New York auf, um eine Ausstellung dieser sensationellen Gemälde vorzubereiten. New York erbebte vor der Originalität und der Gewagtheit dieses neuen Experiments. Man hatte erwartet, daß man in der traditionellen Umgebung der gotischen Bibliothek oder des Renaissancesalons »vorgenommen« wurde, und fand es ungemein spannend, vor den bekannten Quellen seines Reichtums porträtiert zu werden; und die Frau eines steinreichen Installateurs wäre fast überredet worden, sich in ihrem luxuriösen Bad mit den allerneuesten Armaturen »vornehmen« zu lassen, wie sie der Wanne entstieg.

Beschwingt von diesen Erfolgen, trug Svengaart seinen Wikingerkopf und sein Pariser Monokel von einem New

Yorker Salon zum anderen, schaute, taxierte, spendete – obgleich selten – Lob und weigerte sich hartnäckig, auch nur einen weiteren Auftrag anzunehmen oder seine Abreise nur um einen einzigen Tag zu verschieben. »Ich habe alles hier«, sagte er, wobei er zuerst seine Stirn und dann seine Tasche berührte. Und der Galerist, der als sein Impresario fungierte, gab zu verstehen, auch die phantastischsten Angebote würden ausgeschlagen.

Targatt hatte den berühmten Mann natürlich kennengelernt. In vergangenen Tagen hätte ihm die Begegnung größten Respekt abgenötigt, doch jetzt konnte er mit Leichtigkeit seine Späße über die Guggins treiben und Svengaart sogar fragen, ob ihm nicht seine Schwägerin, die bei Mrs. Guggins als Privatsekretärin arbeitete und demnächst Mr. Guggins' Pariser Repräsentanten heiraten würde, aufgefallen sei.

»Ach, die hübsche Kuradschin. Ja. Sie hat uns köstliche Blinis zubereitet.« Svengaart nickte zustimmend, und Targatt nahm überrascht zur Kenntnis, daß der Maler offenbar kein Interesse an Olgas Rundungen fand.

»Sie haben wohl genug von uns? Wie ich höre, reisen Sie diese Woche ab.«

Der Maler ließ sein Monokel fallen. »Ja, mir langt's.« Das war nach einem Dinner bei den Bellamys, und er setzte sich unvermittelt zu Targatt auf das Sofa. »Die Speisen aus dem Eisschrank schmecken mir nicht«, fuhr er fort. »Eines aber könnte mich noch an der Abreise hindern.« Er setzte das Monokel wieder ein und blickte Targatt an. »Wenn Sie mir gestatten würden, Mrs. Targatt zu malen – oh, dafür hätte ich noch einen Monat Zeit.«

Zu überrascht für eine Antwort, starrte Targatt ihn an. Nadescha – der berühmte Mann wollte Nadescha malen!

Die Vorstellung löste so viele widersprüchliche Überlegungen in ihm aus, daß er schließlich nur stammeln konnte: »Aber, ich meine... so eine Überraschung... große Ehre... selbstverständlich...« Der gräßliche Gedanke an Svengaarts Honorar allein für einen Kopf drängte sich ihm auf. Svengaart, der ihn ja nur von Millionären umgeben sah, hielt ihn womöglich für einen reichen Mann und versuchte vielleicht, ihm ein besonders hohes Angebot zu entlocken. Denn worin läge sonst der Reiz, Nadescha zu malen? Targatt ging mit Ironie auf die Frage ein. »Ich nehme an, Sie verwechseln mich mit meinem Schwager Bellamy. Er hätte Sie eigentlich dazu überreden müssen, *seine* Frau zu malen. Leider erlauben mir meine Mittel nicht...«
Der andere unterbrach ihn mit einer Geste der Entrüstung. »Bitte, mein Verehrtester. Zu einem Porträt lasse ich mich nicht ›überreden‹. Und im Fall von Mrs. Targatt hatte ich gar nicht die Absicht, Ihnen das Bild zu verkaufen. Wenn ich sie malen würde, dann nur für mich selbst.«
Targatt riß die Augen noch weiter auf. »Für Sie selbst? Sie malen das Bild nur, um es zu behalten?« Er lachte verlegen. »Nadescha wäre natürlich enorm geschmeichelt. Aber, unter uns, verraten Sie mir, warum ausgerechnet sie?«
Mit einem leisen Lachen erhob sich Svengaart. »Weil sie die einzige Frau hier ist, die zu malen sich lohnt. Unvergleichliche Linien für ein Ganzporträt. Sie wissen gar nicht, wie ich die Abwechslung genießen würde.«
Targatt starrte noch immer. Über seine spröden Lippen kam zustimmendes Murmeln. Ihm fiel wieder ein, daß Svengaarts Honorar für ein Dreiviertelporträt fünfzehntausend Dollar betrug. Und Nadescha wollte er in ganzer

Gestalt umsonst malen. Allerdings – brachte Targatt sich selbst wieder in Erinnerung –, wollte der Kerl das Bild behalten. Zu was sollte das gut sein? Es würde Nadescha nur unnötig an die Öffentlichkeit bringen, und wenn all diese Sitzungen praktisch gratis waren ... Irgendwie sah die Sache nach einem faulen Handel aus ...

»Wie gesagt, natürlich wäre meine Frau enorm geschmeichelt. Allerdings hat sie recht viel zu tun – ihre Familie, gesellschaftliche Verpflichtungen und so weiter. Ich kann wirklich nicht versprechen ...«

Svengaart lächelte. »Beim Porträtieren fallen in der Regel allerhand Studien an – manche sind fast so weit wie das fertige Bild. Wenn Mrs. Targatt eine davon akzeptieren könnte ...«

Targatt lief bis zu den Wurzeln seines schütter werdenden Haars rot an. Eine Svengaart-Studie über dem Kamin im Salon! (»Ja, schönes Bild von Nadescha, nicht wahr? Man erkennt den Svengaart sofort ... war seine eigene Idee ... wollte sie unbedingt malen ...«)

Nadescha nahm gerade einen Stapel Noten vom Flügel. Sie wollte Mouna begleiten, die zu singen angefangen hatte. Während sie mit angewinkelten Armen im Profil vor den blassen Farben der Tapisserie an der Wand stand, rief der Maler: »Da – da! Das ist es! Verstehen Sie jetzt, warum ich sie machen will?«

Targatt hatte es in dem Moment die Sprache verschlagen. Insgeheim dachte er, Nadescha sehe aus wie immer – nur ein bißchen müder vielleicht. Am Morgen hatte sie über Kopfschmerzen geklagt. Aber er fühlte sich der Situation gewachsen. »Ach so, die berühmten ›Linien‹ meiner Frau, wie? Ja, ja, versprechen kann ich nichts. Kommen Sie her und versuchen Sie lieber selbst, sie zu überreden.«

Als er Svengaart zum Piano führte, schien Bellamys Parkettboden unter seinen unsicheren Schritten aus Glas zu sein.

7

Targatts Begeisterung war heftig, aber nur von kurzer Dauer. Nadescha, von Axel Svengaart »vorgenommen« – was das bedeutete, hatte er blitzschnell erfaßt. Er war beiseite getreten und hatte ihr mit einem höchst zufriedenen Lächeln zugeschaut, während ihre Augen vor Erstaunen zu leuchten begannen. Als sie ihn fragend anschaute, hatte er zustimmend genickt. Und sein Blick hatte signalisiert, daß sie dem berühmten Mann selbstverständlich Modell stehen müsse. Er bemerkte, wie es Svengaart amüsierte, daß sie ihren Gatten um Erlaubnis fragen mußte; aber dies verstärkte Targatts Zufriedenheit nur. Das würde sich erst noch herausstellen, ob man seine Frau wie ein Berufsmodell herumkommandieren konnte! Der schönste Moment war vielleicht, als sie am nächsten Tag zaghaft fragte: »Jim, hast du auch den Preis bedacht?« Und die Hände in den Taschen und ein sorgloses Lächeln auf den Lippen antwortete er: »Da gibt's nichts zu bedenken. Er malt dich, weil du so schöne ›Linien‹ hast. Und eine Kopie erhalten wir völlig umsonst. Hast du gewußt, daß du schöne Linien hast, meine alte Nadja?«
Sie blickte ihn eine Weile ernst an. »Ich habe schon lange nicht mehr an sie gedacht«, sagte sie.
Targatt lachte und klopfte ihr auf die Schulter. Was für ein Kind sie doch war! Doch später ging ihm auf, daß die Bitte des Malers sie nicht besonders überrascht hatte.

Vielleicht hatte sie schon immer gewußt, daß sie malenswert war, wie Svengaart es genannt hatte. Vielleicht – und hier spürte er, wie es ihm kalt über den Rücken lief –, vielleicht hatte Svengaart bereits mit ihr gesprochen und etwas ausgemacht, noch ehe er sein Anliegen bei Targatt vorbrachte. Die Vorstellung war plötzlich unangenehm, und ihm wurde bewußt, daß er Nadescha zum erstenmal in ihrem Eheleben eines, wenn auch ganz harmlosen, Betrugs verdächtigte. Nur – wenn er recht hätte, dürfte man ihn kaum für völlig harmlos halten.
Schleunigst vertrieb Targatt den Gedanken. Er benahm sich wie dieser Kerl im Bajazzo. Am Ende brachte der Umgang mit Fremden einen einfachen Geschäftsmann tatsächlich dazu, sich wie ein Opernheld aufzuführen! Sie hatte an diesem Tag ihre erste Sitzung, und als er zum Büro aufbrach, rief er Nadescha unbekümmert zu: »Bis später dann. Und laß dir von dem Burschen bloß nicht den Kopf verdrehen.«
Über die Sitzungen brachte er aus Nadescha nicht viel heraus. Nicht, daß sie geheimnisvoll getan hätte, aber Plaudereien konnte sie noch nie gut wiedergeben, und was außerhalb des Familienkreises geschah, schien sie – auch wenn es sie selbst anging – nur nebenbei zu interessieren. Eine Sitzung folgte der anderen. Trotz seines freien Stils arbeitete Svengaart langsam, und Nadescha war offenbar ein schwieriges Sujet. Targatt brütete über der Situation: Manch einer fand den Kerl recht gutaussehend, wie einen schlanken Windhund etwa. Und er hatte diese zwanglose kosmopolitische Art – ganz Europäer eben. Daran war Nadescha gewöhnt. Würde sie auf einmal spüren, daß ihr während all dieser Jahre etwas entgangen war? Targatt fröstelte bei dem Gedanken. Ihm war noch nie in den Sinn gekommen, was für ein

Langweiler er war. Der Anblick seines Gesichts im Rasierspiegel wurde ihm so zuwider, daß er seine Augen abwandte und sich deshalb fast in die Kehle geschnitten hätte. Er hatte nichts von einem Windhund – auch nichts von einem Wikinger.

Während er diese Gedanken hin und her wälzte, dämmerte ihm allmählich, daß er, der doch Nadescha alles verdankte, sich mit wenig oder gar nichts revanchiert hatte. Was er für ihre Leute getan hatte, fiel angesichts der Neubewertung von deren Vergangenheit kaum ins Gewicht. Die Frage war: was für ein Leben hatte er Nadescha geboten? Und die Antwort: gar kein Leben! Während ihrer besten Jahre hatte sie für andere gesorgt; er konnte sich nicht entsinnen, daß sie je Ansprüche gestellt oder ein Mißverständnis übelgenommen hätte. Und sie war nie dumpf oder geistlos gewesen. Sie war schlicht und einfach Nadescha, ein unendlich tolerantes Geschöpf, absolut unvoreingenommen, ja, großzügig und schlechthin selbstlos.

Es wäre auch seltsam, dachte Targatt beinahe schmerzerfüllt, wenn niemand sonst solche außergewöhnlichen Qualitäten bemerkt haben sollte. Und wenn er erst nach mehr als zehn Jahren dahintergekommen war – andere waren womöglich nicht so blind. Von ihren »Linien« etwa hatte er nie Notiz genommen; dieser Maler jedoch wirft nur ein Auge auf sie ...

Targatt saß im Arbeitszimmer und rutschte unruhig in seinem Sesssel hin und her. Wo war Nadescha wohl? Die winterliche Dämmerung war hereingebrochen, und ohne Tageslicht arbeitet ein Maler nicht. Die heutige Sitzung mußte längst beendet sein – doch Nadescha war noch nicht zurückgekehrt. Gewöhnlich empfing sie ihn immer, wenn er aus dem Büro heimkam. Sie hatte ihm gezeigt, wie man den Tee nachmittags genießt, mit einem kleinen Sandwich mit Kaviar und einer Zitronenscheibe – der Samowar am Kamin summte bereits. Wenn sie jemanden von der Familie besuchte und sich verspätete, rief sie immer an; aber das Mädchen sagte, man habe keine Nachricht von ihr.

Targatt erhob sich und ging unruhig auf und ab. Dann setzte er sich wieder, zündete sich eine Zigarette an und warf sie fort. Er erinnerte sich, daß Nadescha nicht im mindesten schockiert gewesen war, als Katinka beschlossen hatte, zu Mr. Bellamy zu ziehen. Sie hatte nur gefragt, ob der Schritt angemessen sei, und Katinka schließlich beigestimmt. Auch Boris' Ehemanöver hatten sie offenbar nicht vor den Kopf gestoßen. Sie war über jegliche moralische Entrüstung erhaben – diese schmerzliche Realität drang Targatt jetzt zum erstenmal ins Bewußtsein. Grausamkeit schockierte sie, doch sonst hegte sie die Überzeugung, Menschen sollten tun, was ihnen gefiel. Nur: hatte auch sie immer getan, was *ihr* gefiel? Das war das quälende Geheimnis! Anderen gewährte sie diesen Freiraum, sie selbst aber beanspruchte ihn kaum.

Und sagten diese Psychologen nicht, im Leben einer jeden Frau – jeder sich aufopfernden Frau – komme die Stunde, in der sich die Ansprüche ihres unterdrückten Ichs, des Körpers und der Seele durchsetzten, so daß sie alles andere, alle Pflichten, Bande, jegliche Verantwortung vergaß? Targatt brach den Gedanken bitter lachend ab. Was bedeuteten Pflichten, Bande, Verantwortung für Nadescha? Nicht mehr als für einen der anderen Kuradschins. Sein Vokabular stieß bei ihnen auf kein Äquivalent. Plötzlich fühlte er sich von Einsamkeit überwältigt, als sei er all die Jahre mit einer Fremden verheiratet gewesen, einem schillernden Fabelwesen, das sich draußen im Meer tummelt...

Unmöglich – sie konnte jetzt nicht mehr im Atelier sein, und wenn, dann stand sie bestimmt nicht mehr Modell. Verfluchtes Bild, dachte er. Warum hatte er ihr eigentlich erlaubt, Svengaart Modell zu stehen? Aus reiner Eitelkeit; aus dem versnobten Ehrgeiz, ein Bild von Svengaart zu besitzen, der hämischen Freude, es sogar umsonst zu kriegen. Je tiefer er sich selbst erforschte, desto weniger kümmerte ihn die Person, die dabei zum Vorschein kam. Aber welch erbärmliche Rolle er auch gespielt hatte, die des gehörnten Ehemanns käme ihm nicht dazu...

»Verdammt noch mal, jetzt sehe ich dort selber nach«, brummte er, straffte die Schultern und schritt entschlossen durch den Raum zur Tür. Doch als er in den Flur trat, drang ihm das leise Klicken des Wohnungsschlüssels ans Ohr; süßere Musik hatte er nie vernommen. Nadescha stand in der Tür, blaß, aber lächelnd. »Jim – wolltest du noch einmal aus dem Haus?«

Er lachte verlegen. »Weißt du, wie spät es ist? Ich habe mir Sorgen gemacht.«

»Sorgen um mich?« Sie lächelte noch einmal. »Ach du liebe Güte, ja! Schon bald Zeit zum Dinner.«

Er folgte ihr in den Salon und schloß die Tür. Er kam sich wie der Ehemann in einem altmodischen Problemstück vor, und einen Augenblick hatte er auch so geredet. »Nadja, wo kommst du her?« stieß er unvermittelt hervor.

»Na, aus dem Atelier. Es war meine letzte Sitzung.«

»Aber im Dunkeln sitzt niemand Modell.«

Als sie sich über den Samowar beugte, sah er eine leichte Überraschung in ihren Augen. »Nein, ich habe auch nicht die ganze Zeit gesessen. Jedenfalls die letzte Stunde nicht, glaube ich.«

Sie redete so ruhig wie gewöhnlich, doch meinte er, ein vorwurfsvolles Beben in ihrer Stimme zu bemerken. Seinetwegen – oder wegen des Malers? Seine Phantasie ging mit ihm durch! Er setzte sich in seinen Lieblingssessel und nahm die Tasse Tee, die sie ihm reichte. Er beschloß, sich wie ein vernunftbegabtes Wesen zu verhalten, doch nie schien die Vernunft weniger mit der Realität zu tun gehabt zu haben. »Nun ja, ihr hattet euch wohl allerhand zu erzählen. Svengaart gefällt dir doch, nicht wahr?«

»O ja, ich habe ihn sehr gern. Weißt du«, fragte sie ernst, »wieviel er bei seinem Aufenthalt in Amerika eingenommen hat? Er hat's mir selbstverständlich im Vertrauen erzählt. Zweihunderttausend Dollar. Und er war schon vorher reich.«

Sie sprach ganz ernst, und Targatt brach in ein undefinierbares Lachen aus. »Na und? Ich weiß nicht gerade, ob es viel Geschmack verrät, wenn er sich bei dir damit brüstet, wie er seinen Modellen das Fell über die Ohren zieht. Wohl aber, daß er kein besonders großes Opfer bringt, wenn er dich kostenlos malt«, sagte er gereizt.

»Nein. Ich habe ihm vorgeschlagen, dich ebenfalls zu malen.«

»*Mich?*« Targatts Gelächter wurde wieder lauter. »Und was hat er gesagt?«

»Oh, er hat genauso gelacht wie du«, erwiderte Nadescha. »Aber er sagt, er würde nie heiraten – niemals.«

Targatt stellte seine Tasse klappernd hin. »Nie *heiraten?* Wovon redest du eigentlich? Wen interessiert schon, ob er heiratet«, keuchte er mit trockener Kehle.

»Mich«, sagte Nadescha.

Es folgte Schweigen. Nadescha führte die Teetasse an ihre Lippen, und die ruhige, unbekümmerte Bewegung erinnerte ihn an Svengaarts Euphorie, als dieser sie den Stapel Noten hochheben sah. Zum erstenmal im Leben glaubte Targatt, sie richtig anzusehen, und er fragte sich, ob es nicht auch das letzte Mal sei. Er räusperte sich und versuchte zu sprechen, um irgend etwas Bedeutendes, Großmütiges zu sagen. »Ja, wenn...«

»Nein, es hat keinen Sinn. Er will davon nichts hören. Ich habe ihm gesagt: Mounas Fülle finden Sie nirgends wieder...«

»*Mouna?*«

Mit einem leichten Achselzucken drehte sie sich zu ihm um. »Ach, bist du denn blind, mein armer Jim? Hast du nicht gemerkt, wie wir ihm alle zugesetzt haben, damit er Mouna heiratet? Ich glaube, dies wird mein erster Mißerfolg«, schloß sie mit einem fast bedauernden Seufzen.

Targatt stützte sein Kinn in die Hände und schaute zu ihr empor. Sie sah müde aus, ja, und älter. Zu müde und zu alt für jemanden, der noch weit unter vierzig war. Und Mouna – warum um Gottes willen überredete sie diesen Mann, Mouna zu heiraten? Das gehörte sich nicht, war schockierend, unglaublich... Doch er bezweifelte keinen Augenblick, was sie sagte.

»Mouna?« konnte er nur töricht wiederholen.

»Aber begreif doch, Liebling. Mouna hat uns immer etwas Kummer gemacht. Und ich war so froh, als Svengaart mich malen wollte; ich dachte nämlich: Jetzt kommt meine Chance. Aber nein, es sollte nicht sein.«

Targatt holte tief Luft. Er schien eine Art lebensspendendes Element zu inhalieren, und so beiläufig und streng wie möglich sagte er: »Mir gefällt überhaupt nicht, wie du den Männern deine Schwester vor die Füße wirfst.«

»Nein, es hatte keinen Sinn«, seufzte Nadescha, die den moralischen Unterton in seiner Bemerkung wie immer gar nicht wahrgenommen hatte.

Targatt erhob sich unruhig. »Er wollte sie um keinen Preis?«

Sie schüttelte traurig den Kopf. »Dummer Mann!«

Targatt ging zu ihr und faßte sie abrupt beim Handgelenk. »Sieh mich an, Nadescha. Hat er sie verschmäht, weil er *dich* haben wollte?«

Sie zuckte wieder leicht die Achseln, und über ihre blassen Wangen huschte jene seltene Farbe. »Ist das bei Männern nicht immer so? Was sie nicht haben können – «

»Aha, dich hat er also die ganze Zeit gehabt.«

»Aber keineswegs, James. Was er wollte, war mich heiraten. Das ist doch etwas vollkommen anderes, nicht wahr?«

»Ja. Ich verstehe.«

Targatt hatte ihr Gelenk losgelassen und sich abgewandt. Er schritt ein paarmal im Zimmer auf und ab und wußte nicht mehr, wo er sich befand – wie jemand, der mit verbundenen Augen auf einen anderen Planeten geschleudert worden ist. Er wußte, was er tun und sagen wollte. Die Worte, die er sich zurechtgelegt hatte, standen in flammenden Buchstaben vor einer erdrückenden Schwärze. »Fühl dich bitte vollkommen frei –«, fünf Worte, und so leicht auszusprechen! »Vollkommen frei – vollkommen frei«, rief das Echo einer inneren Stimme. Das war das mindeste, was er tun konnte, wenn er je wieder erhobenen Hauptes gehen wollte. Aber als er den Mund öffnete, kam kein Laut. Schließlich blieb er wie-

der vor Nadescha stehen, mit einer verzogenen Miene wie der eines erschrockenen Kindes.
»Nadja – was möchtest du am allerliebsten tun? Sag's mir – ich will, daß du es tust«, stotterte er. Und er wartete mit eiskalten Händen.
Nadescha blickte ihn mit langsam zunehmendem Erstaunen an. Sie war wieder ganz blaß geworden.
»Auch wenn...«, fuhr er mit halberstickter Stimme fort. »Versteh mich, Nadja, auch wenn –«
Sie blickte ihn weiter auf ihre strenge, mütterliche Weise an. »Hast du das im Ernst gemeint?« fragte sie ganz leise.
Targatt nickte.
Ein Lächeln flackerte über ihre Lippen. »Ach, Liebling, wenn ich Mouna nur schon unter der Haube hätte, würde ich sagen: Glaubst du nicht, daß wir uns jetzt ein Baby leisten können?«

Geständnis

1

Und so fing alles an: lächerlich, trivial, aus heiterem Himmel – wie verhängnisvolle Geschichten es immer tun.
Ich saß an einem Ecktisch im Speisesaal des Hotels – ich meine die Ecke zur Linken, wenn man ihn von der Halle aus betritt... Als ob das wichtig wäre! Ein Platz in diesem Teil mit Blick auf die Berge war für einen Alleinreisenden eigentlich zu gut, und ich hatte ihn auch nur bekommen, weil der Oberkellner ein gutmütiger Bursche war, der... Als spielte auch das eine Rolle! Warum komme ich nicht zur Sache?
Folgendes geschah: Als sie den Speisesaal damals mit den zögernden Schritten der Neuen betrat, bekam sie den Nachbartisch. Kolossales Ereignis, nicht wahr? Aber falls jemand nachempfinden kann, was es heißt, wenn einem Halbinvaliden nach einem Winter am Nil eröffnet wird, er müsse sich, bis das kleine Loch in der Lunge richtig verheilt ist und er die Arbeit in New York wieder aufnehmen kann, der Genesung halber noch einem weiteren drei- bis viermonatigen Aufenthalt in den Hochalpen unterziehen; wenn sich jemand durch all diese Stadien der Rekonvaleszenz gehangelt hat, bald unter jenen Hotelfaulenzern, bald unter diesen, dann wird man schon begreifen, welch kleine Begebenheiten vor dem leeren Horizont der Untätigkeit zu spektakulären Ereignissen werden können.

Was nicht heißen soll, das Büro eines New Yorker Bankiers hätte (selbst vor der Depression) über einen weiten Horizont verfügt – was ich unter Horizont verstehe. Doch ehe eine Diskussion darüber anfängt, müßten Sie erst einmal wissen, was es bedeutet, sich Tag für Tag einer Art Leichenstarre gegenüber zu sehen, um zu begreifen, wie überwältigend es sein kann, wenn das Fieber um ein Zehntelgrad steigt, oder wenn eine Frau, der man nie zuvor begegnet ist, in den Speisesaal spaziert und sich an den Nachbartisch setzt.

Doch was diese ganz gewöhnliche Begebenheit für mich so bedeutsam machte, war das spontane Gefühl, daß irgend etwas an dieser Frau außergewöhnlich war. Schönheit? Nein, nicht einmal. (Ich sage »nicht einmal«, weil es weitaus tödlichere Waffen gibt, wie jeder weiß.) Nein, schön war sie nicht. Sie war auch nicht besonders jung; und obwohl sie sicher auftrat und gutgekleidet war (wenn auch zu teuer für meinen Geschmack), hob nichts daran sie aus dem eleganten Hotelvölkchen heraus.

Was war es dann? Nun, zuerst fiel mir ihre scheue, aber ausgeprägte Neugier auf diese Ansammlung leicht abgetakelter Allerweltsleute auf. Hier war eine Frau, offenbar aus bestem Stall und gutbetucht, für die der Anblick des Speisesaals eines mondänen Hotels im sommerlichen Engadin anscheinend dermaßen ungewöhnlich war und so viele neuartige und unerklärliche Aspekte bot, daß sie in ihrer kaum gezügelten Aufregung, alles im Auge zu behalten, was ringsum vor sich ging, fast das Essen vergaß.

Die eigene Erscheinung kümmerte sie offenbar nicht – oder spielte nur als Bestandteil ihrer allgemeinen und eher vornehmen Zurückhaltung eine Rolle. Sie war so sehr in die Betrachtung all der gewöhnlichen Langweiler vertieft, daß es ihr vermutlich nicht in den Sinn kam, sie selbst, die weder gewöhnlich noch langweilig war, könne beobachtet werden. (Und ich merkte schon, wie vorwurfsvoll ich auf jeden längeren Blick von den anderen Tischen reagierte.)

Nun zu den Einzelheiten: Sie war mittelgroß, schlank, ja, beinahe dünn, blaß, hatte ein längliches, schmales Gesicht und dunkle Haare. Ihre großen blau-grauen Augen waren so hell und klar, daß ihr Haar und ihr Teint im Kontrast dazu dunkel erschienen. Ein melancholischer Mund, der sich plötzlich aufhellen konnte, wenn sie lächelte – was aber nur selten geschah. Schlichtes, kostspieliges Kleid, betont »damenhaft«. Ihre gesamte Erscheinung, soll ich sagen: ein wenig altmodisch – oder vielleicht bloß provinziell? Doch es war nicht nur ihr Kleid, das sie von den normalen Schönheiten an den übrigen Tischen abhob. Vielleicht lag es an ihrer gesellschaftlichen Unerfahrenheit, gepaart mit einem gewissen Zug um Mund und Augen, daß sie den Eindruck machte, sie habe bereits andere Erfahrungen hinter sich als der Rest der Frauen im Restaurant...

Doch welche Erfahrungen? Das war mir schleierhaft. Ich konnte es nur auf einen Nenner bringen, indem ich mir sagte, daß sie anders war – was natürlich jeder Mann von der Frau behaupten wird, in die er sich gerade verliebt, ganz gleich, wie furchtbar gewöhnlich sie anderen vorkommen mag. Aber ich ahnte noch nicht, daß ich mich in die Dame am Nachbartisch verlieben würde, und wenn ich sie als »anders« charakterisiere, dann nicht aus subjektiver Sicht, weil sie für *mich* anders war, vielmehr auf mysteriöse Weise anders und unabhängig von dem Eindruck, den sie auf mich machte. Kurzum: entgegen Erscheinung und Wesen schien sie auf gewöhnlichem gesellschaftlichem Parkett etwas unsicher und verlegen zu sein, sich anderswo jedoch heimisch und selbstbewußt zu fühlen. Aber wo?

Ich überlegte noch immer, als jemand sich zu ihr gesellte. Eines der Dinge, die man beim Reisen lernt, ist, die Leute einzuschätzen, indem man ihre Begleiter genau studiert. Und die Dame, an der ich interessiert war, hätte mir diesen speziellen Anhaltspunkt besser nicht geben sollen. Die Frau, die sich zu ihr setzte, war etwa gleichaltrig, was allerdings die einzige Gemeinsamkeit zwischen ihnen zu sein schien. Sie war rundlich, hatte rötlichbraun gefärbtes Haar und kleine Augen, die zu dicht an der grobgeschnittenen Nase saßen. Die Haut unter einer nachlässig aufgetragenen Puderschicht war gerötet und von einem Netz bläulicher Äderchen durchzogen, und das fliehende Kinn unter dem vulgären Mund ging über in einen dicken, bleichen Hals. Ich hoffte, sie möge nur eine Zufallsbekanntschaft der dunkelhaarigen Dame sein, aber sie nahm wortlos Platz und studierte die Speisekarte, ohne ihre Begleiterin auch nur eines Blickes zu würdigen. Sie waren also Reisegefährten. Und obwohl die Neue ebenso teuer gekleidet war wie die andere, nur modischer, wie ich fand, fiel mir sofort auf, daß sie eine Untergebene war, eine bezahlte womöglich, was sie offenbar zu überspielen suchte, indem sie auf übertriebene Weise Ebenbürtigkeit demonstrierte. Aber wie hatte die andere sie zur Reisebegleiterin wählen können? Mein Bild von der dunklen Dame sträubte sich gegen etwas, das offensichtlich keine Zufallsbekanntschaft war.

»Hast du mein Bier bestellt?« fragte die Neuhinzugekommene, während sie ihre langen Handschuhe von den dikken roten Fingern zog, die mit Ringen vollgesteckt waren (die dunkle Dame trug keine, soweit ich sah).

»Nein«, sagte die andere.
In ihrem Tonfall schwang etwas mit wie: »Warum sollte ich? Kannst du nicht selbst bestellen, was du haben willst?« Doch einen Augenblick später hatte sie dem Oberkellner schon gewunken und leise gesagt: »Bitte, das Pils für Miß Wilpert – wie immer.«
»Ja, *wie immer*. Merkt sich nur keiner! Ich war viel besser bedient, als ich noch selber für mich sorgen mußte.«
Die dunkle Dame zeigte ein schwaches Lächeln des Protests.
Nach einem prüfenden Blick auf das Gericht, das ihr serviert wurde, verfrachtete Miß Wilpert eine gehörige Portion auf ihren Teller und machte sich darüber her. Fast sah ich schon, wie unter einer Falte ihres dicken, bleichen Halses eine Serviette in den Ausschnitt gestopft wurde.
»Beim Friseur waren drei Frauen vor mir dran«, murrte sie.
Die dunkle Dame blickte sie geistesabwesend an. »Das macht nichts.«
»Was macht nichts?« zischte ihre Begleiterin. »Daß ich zwei Stunden dort gesessen habe und bis jetzt auf mein Mittagessen warten mußte?«
»Ich wollte sagen, deine Verspätung macht mir nichts aus.«
»Das wollte ich auch hoffen«, erwiderte Miß Wilpert. Sie trank das Pils in einem Zug und stellte das leere Glas neben ihren Teller.
»Bist du etwa wieder in dieser ›Das-macht-nichts‹-Stimmung?« sagte sie und musterte die Frau ihr gegenüber kritisch.
Diese lächelte ein wenig. »Ja.«
»Und warum bleiben wir dann hier? Für mich brauchst du dich nicht aufzuopfern.«

Eine Dame, die ihre Mahlzeit beendet hatte, durchquerte den Speisesaal und blieb beim Hinausgehen bei meiner Nachbarin stehen und sagte: »Ach, Mrs. Ingram (das war also ihr Name), können wir Sie nicht zu einer Runde Bridge mit uns nach dem Kaffee überreden?«
Mrs. Ingram lächelte, schüttelte aber den Kopf. »Vielen Dank. Sie wissen ja, ich spiele nicht Karten.«
»Prinzipien!« stieß Miß Wilpert hervor und wischte sich nach einem zweiten Pils über die rot angemalten Lippen. Mit ihrer feisten Hand winkte sie der Dame hinterher. »In einer halben Stunde bin ich bei Ihnen«, rief sie in einem durchdringenden Ton.
»O ja«, sagte die Dame und nickte gleichgültig.
Ich hatte meinen Lunch beendet, Kaffee getrunken und mehr als das erlaubte Quantum Zigaretten geraucht. Es gab keinen Vorwand mehr zu weiterem Verweilen, also stand ich auf und verließ den Speisesaal. Mein Freund Antoine, der Oberkellner, stand an der Tür, und im Vorbeigehen bildeten meine Lippen die kaum hörbare Frage: »Die Lady am Nachbartisch?«
Antoine kannte alle, auch die Geschichte eines jeden. Ich fragte mich, warum er einen Moment zögerte, bevor er antwortete: »Ach, Mrs. Ingram? Ja. Aus Kalifornien.«
»Ein ... Stammgast?«
»Nein. Zum erstenmal in Europa, glaube ich.«
»Ah, ja. Die andere Dame zeigt ihr dann wohl alles?«
Antoine zuckte mit den Achseln. »Ich glaube nicht. Sie ist anscheinend auch neu.«
»Mir gefällt der Tisch, den Sie mir gegeben haben, Antoine«, sagte ich. Er nickte unterwürfig.
Ich war daher überrascht, daß ich abends, als ich zum Dinner nach unten kam, an einen anderen Tisch auf der entgegengesetzten Seite des Speisesaals geführt wurde.

Ich erkundigte mich nach Antoine, aber er hatte den Abend frei, und sein Kollege wußte nur zu berichten, ich sei auf Antoines ausdrückliche Anordnung umgesetzt worden. »Vielleicht, weil es zieht, Sir.«
»Ich pfeife auf das Ziehen! Kann ich nicht an meinen alten Tisch?«
Er bedauere sehr; aber wie ich sehe, habe schon eine gebrechliche alte Dame, die man kaum, ja, unmöglich stören könne, den Tisch bekommen.
»Also gut, aber morgen zum Lunch will ich ihn wiederhaben«, sagte ich streng.
Rückblickend auf die Zeit der Rekonvaleszenz fällt es einem schwer, sich der immensen Bedeutung zu entsinnen, die jede Kleinigkeit bekommt, wenn man nur von Kleinigkeiten in Anspruch genommen wird. Ich war empört über den neuen Platz, und das um so mehr, als Antoine mich am nächsten Tag zum Lunch an den Tisch führte, den ich am Abend zuvor mit Entrüstung abgelehnt hatte.
»Was soll das heißen? Ich sagte Ihnen doch, ich will an den Tisch in der Ecke zurück –«
Kein Muskel regte sich in seinem unverbindlichen Gesicht, das trotzdem alles verriet. »Bedaure, Sir.«
»Bedauern? Aber Sie haben mir versprochen –«
»Was soll ich denn tun? Diese Damen wohnen in unserer teuersten Suite, und zwar die ganze Saison.«
»Was haben die Damen damit zu tun? Ich habe nichts gegen sie. Es sind Landsleute.«
Antoine lächelte mich gespenstisch an. »Offensichtlich ist das der Grund, Sir.«
»Der Grund? Sie haben Ihnen einen Grund genannt, damit Sie mich umplazieren?«
»Die große Rote. Mrs. Ingram ist ganz anders, wie Sie

sehen. Beide sind allerdings ein bißchen sonderbar«, fügte er nachdenklich hinzu.
»Ach ... die große Rote?«
»Die *dame de compagnie*. Entschuldigen Sie bitte, Sir, aber sie sagt, sie könne Amerikaner nicht leiden. Und da die Direktion Mrs. Ingram jeden Wunsch erfüllt ...«
Ich lachte arrogant. »Verstehe. Einem bescheidenen Gast wie mir hingegen ... Aber es gibt noch andere Hotels in Mont Soleil, bestellen Sie das der Direktion.«
»O Monsieur, Monsieur – gehen Sie mit der Laune einer Lady nicht so streng ins Gericht«, murmelte Antoine vorwurfsvoll.
Natürlich tat ich das nicht. Antoines Rat wirkte immer pädagogisch. Ich zuckte die Achseln, fügte mich in mein Exil und sah mich nach einer anderen interessanten Nachbarin um, die ich anstelle von Mrs. Ingram beobachten könnte. Doch eine andere interessierte mich nicht ...

2

»Könnten Sie mir vielleicht jetzt erklären«, sagte ich ein paar Tage später zu Mrs. Ingram, »warum Ihre Freundin unbedingt wollte, daß ich in die andere Ecke des Speisesaals verbannt werde?«
Ich brauche kaum zu erwähnen, daß mich Miß Wilpert trotz ihrer Abneigung Landsleuten gegenüber nicht daran hatte hindern können, mit Mrs. Ingram Bekanntschaft zu schließen. Ich habe vergessen, wie es dazu kam – im Zusammenhang mit einem heruntergefallenen Brief, einem Liegestuhl, der aus der Sonne gerückt werden mußte, oder einem der hundertelei Dinge, die zwei

Menschen zusammenführen, wenn sie müßig unter demselben Dache leben. Aber ich hatte mein Ziel nicht ohne Mühen erreicht, denn das ungleiche Paar war so gut wie unzertrennlich. Im Gegensatz zu Mrs. Ingram spielte Miß Wilpert glücklicherweise Bridge, und bald verstand ich es, meinen Vorteil daraus zu ziehen und im Lauf der Zeit vollen Gebrauch davon zu machen.

Zugegeben, zwei Wochen später wußte ich immer noch nicht mehr über Mrs. Ingram als nach unserer ersten Begegnung. Sie war jünger, als ich dachte, kaum älter als zweiunddreißig, dreiunddreißig Jahre. Sie war reich, sie war schüchtern. Sie stammte aus Kalifornien oder hatte zumindest dort gelebt. Die beiden letzten Jahre hatte sie offenbar auf Reisen verbracht, die Erdkugel umrundet und längere Aufenthalte an so weit auseinander liegenden Plätzen wie Ceylon, Teneriffa, Rio und Kairo eingelegt. Im großen ganzen schienen ihr diese Streifzüge gefallen zu haben. Sie befragte mich ausgiebig über die Länder, in denen sie gewesen war, und ich begriff, daß sie zur Gruppe der gescheiten, gleichwohl uninformierten Reisenden zählte, die mehr von mündlichen Erklärungen haben, als sie aus Büchern lernen können. Unvorbereitet, wie sie auf die Sehenswürdigkeiten stieß, die sie erwarteten, hatte sie zwangsläufig wenig gesehen und noch weniger verstanden. Aber das Wichtigste hatte sie bemerkt, und Taj Mahal, Parthenon und Pyramiden waren ihr nicht entgangen. Zumindest über ihre Reisen war sie nach außen hin mitteilsam, und da sie nie einen Mann, ein Kind, einen Freund oder einen Verwandten erwähnte, zog ich den Schluß, daß Miß Wilpert ihre einzige Gesellschaft war. Dies vergrößerte das Geheimnis nur und bestärkte den Verdacht, über ihr wirkliches Wesen nicht mehr zu wissen als an dem Tag, an dem ich sie zum erstenmal gesehen hatte. Vielleicht fand ich sie deshalb zunehmend interessanter. Von Fremden hielt sie sich offensichtlich fern, doch mir konnte nicht entgehen, daß sie gern mit mir zusammen war und sich in meiner Gegenwart wohl fühlte und ebenso bereitwillig wie ich jede Gelegenheit dazu nutzte. Nur wenn Miß Wilpert auftauchte, kehrte die ursprüngliche Schüchternheit wieder – vermutlich, damit ihre Begleiterin nicht erfuhr, welch gute Freunde wir geworden waren.

Weil ich hoffte, Mrs. Ingram aus ihrer gewohnten Zurückhaltung herauslocken zu können, hatte ich ganz unvermittelt meine vorwitzige Frage über Miß Wilpert gestellt. Und der Farbe nach zu urteilen, die im Nu auf ihrer blassen Haut erschien, war es mir fast gelungen. Aber nach einer Weile sagte sie lächelnd: »Ich kann nicht glauben, daß Cassie jemals so etwas Albernes gesagt haben soll.«

»Ach nein? Dann fragen Sie sie doch bitte. Und wenn es nur eine Erfindung des Oberkellners gewesen ist, werde ich dafür sorgen, daß er mir den Tisch wiedergibt, noch ehe er einen Tag älter geworden ist.«

Mrs. Ingram lächelte noch immer. »Machen Sie bloß kein Aufhebens wegen solch einer Kleinigkeit. Vielleicht hat Cassie ja etwas Dummes gesagt. Sie ist das Reisen nicht gewohnt und hat manchmal seltsame Launen.«

Die Doppeldeutigkeit der Antwort sollte mich wohl warnen. Aber weil ich schon die eine Frage vorgebracht hatte, entschloß ich mich, auch die andere zu riskieren.

»Miß Wilpert ist eine alte Freundin, nicht wahr?«

»O ja, gewiß«, sagte Mrs. Ingram leichthin.

»Und war sie schon immer mit Ihnen zusammen, auch als Sie noch zu Hause waren?«

Die Frage traf sie offenbar unvorbereitet. »Zu Hause –«
»Wo Sie gewohnt haben, meine ich. Kalifornien, nicht wahr?«
Sie sah erleichtert aus. »O ja, Cassie Wilpert war auch in Kalifornien bei mir.«
»Aber dort hatte sie gewiß mit ihren Landsleuten Kontakt?«
»Ja. Und deshalb war sie auch so froh, als ich auf Reisen ging«, sagte Mrs. Ingram mit einem leichten Anflug von Ironie und setzte dann hinzu: »Die arme Cassie war damals sehr unglücklich. Sie ist von ein paar Leuten schlecht behandelt worden. Das erklärt vermutlich ihre Abneigung.«
»Tut mir leid, daß ich auch zu denen gehöre. Wie kann ich das wiedergutmachen?«
Ich glaubte einen leichten Ausdruck des Erschreckens in Mrs. Ingrams Augen zu entdecken. »Ach, lassen Sie sie am besten in Ruhe.«
»Aber sie ist immer bei Ihnen, und Sie möchte ich nicht in Ruhe lassen.«
Mrs. Ingram lächelte, dann seufzte sie. »Wir reisen auch bald ab.«
»Und Miß Wilpert ist mich dann los?«
Mrs. Ingram blickte mich rasch an. Ihr Blick war traurig, beinahe flehentlich. »Ich werde sie nie allein lassen; sie war wie ... eine Schwester zu mir«, murmelte sie als Antwort auf eine Frage, die ich nicht gestellt hatte.
Das Wort erschreckte mich. Und auch Mrs. Ingram hatte einen Augenblick gezögert, ehe sie es aussprach. Wie eine Schwester – diese plumpe Frau mit ihren roten Händen? Die Worte klangen, als seien sie ihr eingetrichtert worden. Ich merkte sofort, daß sie nicht die wirklichen Gefühle der Sprecherin ausdrückten, doch welche diese

auch immer wären, die Sprecherin hatte nicht die Absicht, sie mich wissen zu lassen.
Einige der Bridgespieler, mit denen Miß Wilpert verkehrte, kamen auf uns zu, und ich wandte mich zum Gehen. »Daß Miß Wilpert Sie nicht meinetwegen fortbringt! Ich gehe ihr aus dem Weg, das verspreche ich«, sagte ich lachend.
Mrs. Ingram rückte sich fast gebieterisch zurecht. »Ich stehe nicht unter Miß Wilperts Kommando. Sie kann mich nicht von einem Ort fortschleppen, an dem ich bleiben möchte«, sagte sie. Doch einen Augenblick später senkte sie die Stimme und flüsterte mir rasch zu: »Gehen Sie. Sie kommt.«

3

Ich möchte erwähnen, daß mein Umgang mit Mrs. Ingram mich nicht vollkommen glücklich machte. Ich neige nicht dazu, anderer Leute Geheimnisse auszuspionieren, aber ich hatte auch keine Skrupel, Mrs. Ingram so weit zu bringen, daß sie mir die ihrigen verriet. Denn von der Existenz eines Geheimnisses war ich jetzt überzeugt. Und ich verzieh mir, ihm auf den Grund gehen zu wollen, in der sicheren Gewißheit, dort auf Miß Wilpert zu stoßen, und mit der Gräßlichkeit dieser Vorstellung. Wie ich mittlerweile entdeckt hatte, war die Beziehung zwischen den beiden Frauen von gegenseitiger Feindseligkeit geprägt, nicht dieser Animosität, hinter der sich womöglich kompliziertere Gefühle verbergen, sondern einfach nur von der Unverträglichkeit, die zwischen zwei Frauen von solch unterschiedlichem Herkommen und Charakter besteht. Miß Wilpert

war eine plumpe, ungebildete Frau ohne – soweit ich sehen konnte – irgendwelche sittlichen oder geistigen Qualitäten, die diesen Mangel hätten wettmachen und die Kluft zwischen ihr und ihrer Gefährtin hätten überbrücken können. Und das Rätsel lag darin, welche Bande oder Verpflichtungen aus der Vergangenheit, wie stark sie auch sein mochten, Mrs. Ingram dazu brachten, die andere Frau zu ertragen.
Ich wußte, wie leicht sich eine wohlhabende, untätige Frau von irgendeiner ordinären, tyrannischen Haushälterin oder Gesellschafterin, die ihr zu Diensten ist und die ihr die unangenehmen Dinge vom Leib hält, abhängig machen kann. Aber ich sah sofort, daß diese Überlegung die Situation nicht erklärte. Im Gegenteil – Miß Wilpert war auf Mrs. Ingram angewiesen und sah in ihr die Fremdenführerin, Dolmetscherin und Organisatorin ihrer seltsamen Allianz. Miß Wilpert beherrschte keine andere Sprache als die eigene, und auch in dieser nur einen regionalen Dialekt, in dem sie ihre zahllosen Wünsche selbst dem polyglotten Personal eines Schweizer Hotels nur schwer begreiflich machen konnte. Mrs. Ingram sprach ein gewissenhaft erlerntes, gleichwohl mühseliges Französisch, und sie bereitete sich gründlich auf den Winter in Neapel vor, indem sie täglich eine Stunde Italienisch nahm. Und immer wenn eine Anweisung gegeben, ein Ausflug vorbereitet oder eine den Tagesablauf betreffende kleine Veränderung vorgenommen werden mußte, wartete Miß Wilpert, die plötzlich verlegen und hilflos war, stets auf Mrs. Ingram, damit diese übersetzte. Für ihre Herrin war sie eindeutig keine Hilfe, sondern vielmehr eine Last, und ich mußte gewiß weiter vordringen, um der Beziehung auf den Grund zu kommen.

Den Reiseführer in der Hand, wandte sich Mrs. Ingram eines Tages mit ihren Plänen für den Herbst an mich. »Wir reisen wohl nächste Woche ab, und hier steht, man dürfe sich die italienischen Seen nicht entgehen lassen.«

»Nächste Woche abreisen? Warum denn? Die Seen sind erst ab Mitte September schön. Nach der Höhenluft wird es Ihnen sehr stickig vorkommen.«

Mrs. Ingram seufzte. »Cassie ist es leid hier. Die Leute gefallen ihr nicht, sagt sie.«

Ich blickte sie an und erlaubte mir, lächelnd zu fragen: »Wollen Sie nicht sagen, *ich* gefalle ihr nicht?«

»Ich wüßte nicht, warum Sie glauben...«

»Tja, es klingt wohl ziemlich albern. Aber Sie wissen auch, warum ich das glaube, Sie glauben es ja selbst.« Ich hielt einen Augenblick inne und fuhr dann mit leiser Stimme fort: »Wenn Miß Wilperts Meinung so wichtig für Sie ist, möchte ich natürlich wissen, warum sie mich nicht gerne mit Ihnen zusammen sieht.«

Mrs. Ingram sah mich hilflos an. »Nun, wenn Sie ihr nicht gefallen –«

»Ja. Aber eigentlich liegt es nicht daran, daß sie mich nicht mag, sondern daß ich mich mit Ihnen treffe.«

Sie überlegte nervös. »Wenn Sie ihr nicht gefallen, möchte sie natürlich auch nicht, daß Sie mit mir zusammen sind.«

»Wirken sich Miß Wilperts Vorlieben und Abneigungen immer auf Ihre Bekanntschaften aus?«

»Bekanntschaften? Ich habe nur wenige, ich kenne kaum jemanden«, sagte Mrs. Ingram und wandte den Blick ab.

»Sie könnten so viele haben, wie Sie wollen, wenn sie es nur erlauben würde«, stieß ich verärgert hervor.

Sie rückte sich mit einem der Situation angemessenen

Stolz zurecht. »Ich weiß nicht, wieso Sie Spaß daran finden, mir unangenehme Dinge über meine – Freundin zu sagen.«
Mir drängte sich die Antwort auf die Lippen: »Warum hat sie angefangen, unangenehme Dinge über mich zu sagen?« Aber mir fiel gerade noch rechtzeitig ein, daß ich damit einen sinnlosen Streit mit der Frau vom Zaun brach, der ich im Augenblick am allerwenigsten mißfallen wollte – wie wenig, das begriff ich erst unter dem Eindruck meiner Verärgerung. Denn was kümmerte es mich schon, einer Kreatur wie Miß Wilpert ein Dorn im Auge zu sein, außer daß sie meinem Wunsch in die Quere kam, mich gut mit Kate Ingram zu stellen? Und ehe ich die Antwort noch unterdrücken konnte, sprang mir auf die Lippen: »Weil ... Sie müssen das jetzt wissen. Weil ich es nicht ertragen kann, wenn irgendwas oder irgendwer zwischen uns steht.«
»Zwischen – uns?«
Ich preschte vor, kaum wissend, was ich sagte. »Weil mir nichts wichtiger ist als Ihre Gefühle für mich. Sonst interessiert mich wirklich gar nichts mehr.«
Die Worte waren hervorgesprudelt und rückten mir ebenso wie Mrs. Ingram die Tiefe meiner Gefühle ins Licht. Erst dann fiel mir wieder ein, wie wenig ich von der Frau kannte, an die meine Worte gerichtet waren – nicht einmal ihren Mädchennamen, geschweige denn irgend etwas aus ihrer Vergangenheit. Ich wußte nicht einmal, ob sie verheiratet, verwitwet oder geschieden war. Ich wußte nur, daß ich mich in sie verliebt und ihr dies auch gestanden hatte.
Sie blieb reglos sitzen und schwieg. Plötzlich traten ihr Tränen in die Augen, und ihre Lippen bebten zu stark, als daß sie hätte sprechen können.

»Kate –« flehte ich sie an. Aber sie schüttelte den Kopf und wich zurück.
»Nein –«
»Warum ›nein‹? Sind Sie böse auf mich?«
Sie schüttelte noch einmal den Kopf. »Ich fühle, Sie sind ein wahrer Freund –«
»Ich möchte, daß Sie viel mehr fühlen.«
»Mehr kann ich nicht fühlen – für niemanden. Ich werde nie, nie ...« Sie stockte und kämpfte mit ihren Tränen.
»Wollen Sie sagen, Sie sind nicht frei?«
»O nein, nein ... nein –«
»Dann gefalle ich Ihnen also nicht? Sagen Sie es mir, und ich belästige Sie nie wieder.«
Wir saßen allein in einer ruhigen Ecke der Hotelhalle. Die Speisegäste hatten sich auf die weitläufigen Verandas, das Kartenzimmer oder die Bar verteilt. Miß Wilpert war gewiß im entlegensten Raum ihrer Suite von einer Gruppe Bridgespieler mit Beschlag belegt, und ich hatte mir vorgenommen, mich endlich mit Mrs. Ingram auszusprechen. An solch eine ernste Wendung hatte ich jedoch nicht gedacht; aber nachdem ich jetzt gesprochen hatte, stand mein Entschluß fest.
»Sagen Sie mir, wenn ich Ihnen nicht gefalle, und ich belästige Sie nie wieder«, sagte ich abermals und versuchte, ihren Blick auf mich zu ziehen. Ihre Wimpern zuckten, und sie sah auf ihre unruhigen Hände. Mir war schon öfter aufgefallen, wie nervös sie waren, und jetzt öffneten und schlossen sie sich unaufhörlich.
»Ich kann nicht sagen, daß ich Sie nicht mag«, flüsterte sie leise. Ich beugte mich vor, um diese nervösen Finger festzuhalten und sie in meiner Hand zu beruhigen, aber im selben Augenblick fuhr sie zusammen, und ich sah, daß sie nicht mich anblickte, sondern über meine Schul-

ter hinweg jemand anderen, der hinter meinem Rücken die Halle durchquert haben mußte. Ich drehte mich um und sah einen Mann, der mir zuvor im Hotel nicht aufgefallen war, dessen kleine, kantige Gestalt mir jedoch irgendwie vertraut vorkam.

»Kennen Sie ihn?« fragte ich, über den Ausdruck in ihrem Gesicht überrascht.

»Nein, nein. Ich dachte, es wäre ... Ich habe mich wohl geirrt ...« Ich sah, wie sie um ihre Fassung rang, und blickte noch einmal dem Neuankömmling nach, der auf dem Weg zur Bar haltgemacht hatte und mit dem Portier plauderte.

»Aber, das ist doch Jimmy Shreve – Shreve vom New Yorker *Evening Star*«, sagte ich. »Sieht ganz so aus. Kennen Sie ihn?«

»Nein.«

»Wollen Sie denn die Frage nicht beantworten, die ich Ihnen vorhin gestellt habe?«

Sie war ganz blaß geworden und verdrehte ihre langen Finger gegeneinander. »Ach, jetzt nicht, jetzt nicht ...«

»Warum nicht? Glauben Sie, ich lasse mich nach allem, was Sie mir erzählt haben, grundlos vertrösten?«

»Da ist mein Grund!« rief sie mit nervösem Lachen. Ich blickte mich um und sah Miß Wilpert herankommen. Sie wirkte ungewöhnlich stattlich und war rot angelaufen, und ihr protziges Abendkleid enthüllte ein Stück eklig wachsbleicher Haut.

»Ach, das ist Ihr Grund? Das dachte ich mir!« stieß ich bitter hervor.

Mrs. Ingram stieg schlagartig die Röte ins Gesicht. »So war das nicht gemeint – das dürfen Sie nicht sagen. Ich meinte nur, ich habe ihr versprochen, mit ihr zu gehen ...«

Schwer atmend und puterrot hatte sich Miß Wilpert bereits vor uns aufgebaut. Sie hatte sich beim Bridge wohl mehr als einmal zwischendurch an der Bar erfrischt. »Na, hier treibst du dich also herum. Ich habe dich überall gesucht, aber ich konnte nicht wissen, daß du dir eine dunkle Ecke unter der Treppe aussuchst. Ich nehme an, du hast vergessen, daß uns Plätze für diese javanischen Tänze freigehalten werden. Die vergeben sie bestimmt bald weiter. Der Ballsaal ist schon ganz voll.«

Ich saß still da, wagte kaum zu atmen und beobachtete die beiden Frauen. Ihr Streit hatte vermutlich den kritischen Punkt erreicht, und ein Wort von mir würde meine Chancen vollends zunichte machen. Mrs. Ingrams Farbe verblich so rasch wie immer, aber sie zwang sich zu einem nervösen Lächeln. »Ich wußte nicht, daß es schon so spät ist.«

»Tja, wenn deine Uhr stehengeblieben ist, die Hoteluhr hängt direkt vor deiner Nase«, sagte Miß Wilpert, wobei sie zwischen den Worten schnell nach Luft schnappte. Sie wartete einen Moment. »Kommst du jetzt?«

Mrs. Ingram lehnte sich in ihrem tiefen Sessel zurück.

»Ach nein – ich glaube nicht.«

»*Nicht?*«

»Nein. Ich glaube, hier gefällt es mir besser.«

»Du mußt verrückt geworden sein! Du hast die Gräfin aus Italien gebeten, neben sich zwei Plätze für uns freizuhalten –«

»Du kannst doch hingehen und mich entschuldigen. Sag ihr, ich sei zu müde. Im Ballsaal ist es immer so warm.«

»Zum Donnerwetter! Und wie soll ich das alles auf italienisch sagen? Du weißt ja, daß sie kein Wort Englisch versteht. Sie wird's reichlich komisch finden, wenn du nicht kommst. Und die andern auch. Du sagst immer, wie schrecklich es ist, wenn die Leute über dich reden. Und jetzt hast du dich wie ein Schulmädchen mit seinem Schatz beim Abschlußball in dieser dunklen Ecke hier verkrochen.«

Mrs. Ingram erhob sich rasch. »Cassie, hast du etwa beim Bridge verloren? Ich habe dich noch nie so viel Unsinn reden hören. Aber natürlich komme ich, wenn du meinst, die Gräfin erwartet uns.« Sie drehte sich mit einem leisen Lächeln zu mir um und streckte plötzlich schüchtern ihre Hand aus. »Den Rest erzählen Sie mir morgen früh«, sagte sie und blickte mir einen Moment in die Augen. Dann wandte sie sich zum Gehen und folgte Cassie Wilpert.

Pochenden Herzens blickte ich hinter ihnen her. Ich wußte nicht, was diese Frauen zusammenhielt, doch schien mir, als habe sich in den letzten Minuten ein Glied der Kette zwischen ihnen gelockert, und ich konnte kaum erwarten, daß sie zerriß.

Ich stand noch immer da, als der Mann, der Mrs. Ingrams Aufmerksamkeit auf sich gezogen hatte, aus der Bar kam und zu mir trat. Es war tatsächlich mein alter Freund Jimmy Shreve, eine besonders helle Zierde des *Evening Star*. Wir hatten uns seit über einem Jahr nicht mehr gesehen, und er war über diese Begegnung ebenso verblüfft wie ich. »Komisch, daß ich dir unter diesem aufgeputzten Volk in die Arme laufe. Ich habe mich eine Weile von der Zeitung abgesetzt. Und was treibt dich hierher?«

Ich berichtete ihm, daß ich im letzten Jahr krank gewesen sei und die letzten Monate der Rekonvaleszenz auf Anraten der Ärzte in den Alpen zu verbringen hätte. Er hörte mit jenem halbherzigen Interesse zu, das Freunde an unseren Unpäßlichkeiten bekunden, besonders wenn man sich wieder auf dem Wege der Genesung befindet.

»Ja, ja... Tut mit leid, daß du soviel durchgemacht hast. Aber jetzt bist du Gott sei Dank übern Berg«, murmelte er, ließ ein störrisches Feuerzeug aufspringen und mußte schließlich doch mit meinem vorliebnehmen. Als er sich vorbeugte, sagte er plötzlich: »Und – was denkst du über Kate Spain?«

Ich sah ihn verwirrt an. Mir kam die Frage in dem Moment so rätselhaft vor, daß ich überlegte, ob er etwa auch Patient und aus medizinischen Gründen ins Gebirge geschickt worden sei. Doch als er mich über das Feuerzeug hinweg von nahem musterte, blitzte in seinen scharfen, kleinen Augen ganz unverhohlen professionelle Neugier auf. Dann wußte ich Bescheid. Zumindest verstand ich die Anspielung, allerdings leuchtete mir nicht ein, worauf er damit hinauswollte.

»Kate Spain? Ach, meinst du den Mordprozeß in Cayuga? Richtig, du hattest mir eine Pressekarte besorgt. Aber ich konnte nicht hin.«

»Ich weiß. Inzwischen hast du alles wieder ausgebügelt, wie ich sehe.« Er zwinkerte mir immer noch vielsagend zu, aber ich tappte weiter im dunkeln. »Was denkst du über sie?« wiederholte er.

»Was ich über sie denke? Warum zum Teufel sollte ich denn überhaupt was von ihr denken?«

Er richtete sich auf und warf sich mit sichtlichem Vergnügen in die kräftige Brust. »Warum? Weil du die letzten zwei Stunden dermaßen eindringlich auf sie eingeredet hast...« kicherte er.

Ich sah ihn verdutzt an. Wieder meinte ich, unter der starren Journalistenmaske müsse sich irgend etwas gelockert und selbständig gemacht haben. Aber seine

Stummelfinger hielten die Zigarette ganz ruhig. Der Mann hatte sich vollkommen in der Gewalt.

»Kate Spain?« sagte ich gefaßt. »Sieht die Lady, mit der ich mich unterhalten habe, etwa wie eine Mörderin aus?«

Shreve machte eine unentschlossene Geste. »Ich weiß nicht genau, wie Mörderinnen aussehen. Kate Spain jedenfalls wurde freigesprochen.«

»Stimmt. Aber ich möchte Mrs. Ingram trotzdem nicht sagen, daß sie wie Kate Spain aussieht.«

Shreve lächelte ungläubig. »Ach so? Sie gibt sich als Mrs. Ingram aus?«

»Das ist ihr Name. Ich war mit Mrs. Ingram aus Kalifornien zusammen.«

»Eben nicht. Das war Kate Spain. Sie kennt mich ziemlich gut. Frag sie. Als sie in den Ballsaal ging, haben wir uns direkt angesehen. Sie war mit dieser rothaarigen Hexe zusammen, die ich nicht kenne.«

»Du kennst die rothaarige Dame nicht? Na, da sehen wir ja, wie falsch du liegst. Miß Cassie Wilpert ist schon seit Jahren Mrs. Ingrams Begleiterin. Die beiden sind unzertrennlich.«

Shreve warf die Zigarette fort und fixierte mich. »Cassie Wilpert? So also nennt sich diese aufgedonnerte Preisboxerin mit all diesen Klunkern? Paß auf, Severance: Cassie – das war das Dienstmädchen. Cassie: erinnerst du dich nicht? Kate Spain kam aufgrund ihrer Aussage frei. Aber beim Prozeß war sie noch ein dürres, abgehärmtes irisches Mädchen im schmuddeligen Kittel. Ich glaube nämlich, der alte Ezra Spain hat sein Dienstmädchen genauso darben lassen wie seine Tochter. Weißt du noch, wie Cassie den Speiseplan wiedergab? Sonntags Hammelbraten, montags kalter Hammel, dienstags Hammelhaschee, mittwochs Hammeleintopf, und ich weiß nicht mehr, an welchem Tag der Hund die Knochen bekam. Aber Cassie hat die Anklage nur so in der Luft zerrissen. Zunächst war man skeptisch, wie der Fall ausgehen würde, aber sie hat bezeugt, daß sie mit Kate Spain einkaufen war, als der Alte ermordet wurde. Die Staatsanwaltschaft konnte ihre Aussage nicht im geringsten erschüttern.«

Ob ich mich erinnerte? Natürlich, ich erinnerte mich an jedes Detail, und zwar mit einer erschreckenden Genauigkeit, wenn man bedenkt, daß ich dem Fall Kate Spain, seitdem das Gerede um den Freispruch der Frau ein Ende gefunden hatte, meines Wissens keine Beachtung mehr geschenkt hatte. Mir fiel alles wieder ein, jedes winzige Beweismittel, der ganze gemeine und infame Klatsch, den der Prozeß ausgelöst hatte: Die Geschichte von Ezra Spain, dem reichen Geizhals und Tyrannen, über den niemand in seiner Vaterstadt Gutes zu berichten wußte, dem vielmehr nachgesagt wurde, er habe seine Frau aus Gleichgültigkeit sterben lassen, weil er nicht eher einen Arzt hatte holen lassen, als bis es zu spät war, und ihr in seiner Niedertracht Essen und Medikamente und die Pflege durch eine kundige Krankenschwester vorenthalten hatte. Nach dem Tod seiner Frau hatte die Tochter weiter bei ihm gewohnt, ebenso verschüchtert und halbverhungert – anscheinend fehlte ihr der Mut, sich ohne einen Pfennig und so unerfahren, wie sie war, ins Leben zu stürzen. In Cayuga nahm man den Tod des Alten fast mit einem Gefühl der Erleichterung zur Kenntnis: Ein Landstreicher, der ihn allein im Haus angetroffen hatte, hatte ihn im Schlaf ermordet und war mit einem geringen Geldbetrag entkommen. Man erzählte sich, jetzt sei die arme mißhandelte Tochter mit dem wehmütigen Blick und dem ängstlichen Lächeln endlich frei, und reich und ihrem Gefängnis entronnen, nun könne sie heiraten

und das Leben genießen, anstatt wie ihre Mutter an Auszehrung zu sterben. Und dann kursierte das unglaubliche Gerücht, sie marschiere aus dem Gefängnis des Vaterhauses direkt in jenes andere, das man in Handschellen zwischen zwei Wärtern betritt: Weil sie beschuldigt wurde, die Mörderin ihres Vaters zu sein.
»Ich hab's! Das Dienstmädchen hieß Cassie Donovan«, rief Shreve plötzlich. »Erinnerst du dich nicht?«
»Nein. Ich hab dir doch gesagt, diese Frau heißt Wilpert, Miß Wilpert, und nicht Donovan.«
»Du meinst ihren neuen Namen? Ja. Und wie du sagst, heißt Kate Spain inzwischen Ingram. Begreifst du nicht, daß sie zuallererst ihre Namen geändert haben, nachdem sie aus Cayuga fortgegangen waren?«
»Warum sollten sie, wenn es keine Beweise gegen sie gab? Und du hast selbst gesagt, du hättest Miß Wilpert nicht erkannt«, betonte ich, um meine Skepsis zu rechtfertigen.
»Ja. Ich habe nicht daran gedacht, daß sie fett geworden sein und gefärbtes Haar haben könnte. Die plustern sich jetzt auf wie die Kampfhähne, um sich für die erlittenen Entbehrungen von damals zu entschädigen. Es heißt, der Alte hätte noch mehr Zaster gehabt, als angenommen wurde. Aber der Wohlstand hat Kate Spain nicht verändert. Ich habe sie sofort erkannt, überall hätte ich sie wiedererkannt. Und sie hat mich erkannt.«
»Sie hat dich nicht erkannt«, stieß ich hervor. »Sie sagte, sie habe sich geirrt.«
Shreve stürzte sich blitzschnell auf diese Äußerung. »Ach so, aber zuerst hat sie es angenommen?« Er lachte. »Wundert mich gar nicht, daß sie sich hinterher geirrt haben will. Noch färbe ich mein Haar ja nicht, aber leider

habe ich ebenso viele Pfunde zugelegt wie Cassie Donovan.« Er hielt inne und fügte dann hinzu: »Und trotzdem hat sie mich erkannt, Severance.«
Ich blickte den kleinen Journalisten an und lachte.
»Worüber lachst du?«
»Über dich. Typischer Fall von beruflicher Deformation. Überall mußt du gleich Kriminelle wittern. Aber sogar in Mont Soleil solltest du echtere Anwärter darauf finden als meine Freundin Mrs. Ingram.«
Er war ein wenig erschrocken über meinen Ton. »Oje, versteh mich recht, wenn sie solch eine gute Freundin ist, tut's mir leid, falls ich irgendwas gesagt haben sollte.«
Ich wuchs über meine eigene Toleranz hinaus. »Sag, was du willst, mein Bester, du kannst sie nicht treffen.«
»Sie treffen? Warum zum Teufel denn? Ich will gar nichts von ihr.«
»Dann verbreite auch nicht diesen lächerlichen Quatsch. Wer möchte schon mit einer Frau verwechselt werden, der das Todesurteil drohte? Und wenn ich verwandt mit Mrs. Ingram wäre, sähe ich mich gezwungen, deinem Gerede ein Ende zu setzen.«
Er starrte mich überrascht an, und ich erwartete eine Antwort im selben Ton. Aber er war ein netter argloser Bursche, und kurz darauf sah ich, daß er begriffen hatte.
»Versteht sich, Severance. Natürlich will ich sie nicht in Kalamitäten bringen ...«
»Dann rede auch nicht mehr so, als glaubtest du immer noch, sie sei Kate Spain.«
Er zuckte hilflos die Achseln. »Klar doch. Kein Wort. Sie *ist* es aber trotzdem, hast du gehört? Was wollen wir wetten, alter Freund?«
»Gute Nacht«, sagte ich kopfnickend und wandte mich zum Gehen. Es war offenbar seine fixe Idee. Und wenn

dieser Narr mich schon nicht kränken konnte, wie dann eine Frau wie Mrs. Ingram?
Er rief mir noch nach: »Wenn nicht, wer ist sie dann? Klär mich auf, und ich glaube dir.«
Ich ging, ohne zu antworten, fort.

4

Ich ging hinauf und lachte insgeheim über den armen Jimmy Shreve. Gewiß hatte die Sensationsgier seinen kritischen Verstand in Mitleidenschaft gezogen. Wie würde es Mrs. Ingram amüsieren, wenn sie hörte, daß er sie für die unglückliche Kate Spain hielt! Nun, sie sollte es erfahren, und wir würden am nächsten Tag beide darüber lachen. Denn sie hatte mir zum Abschied ja gesagt: »Den Rest erzählen Sie mir morgen früh.« Was nur bedeuten konnte, daß sie mir zuhören würde, und dann müßte sie mir auch antworten, wie ich es erwartete...
Mit diesen Gedanken begab ich mich auf mein Zimmer. Sie waren kaum weniger zuversichtlich, als ich mich entkleidete. Ich konnte hoffen, besaß fast sogar das Versprechen für das, was ich mir im Augenblick am sehnlichsten, ja, als einziges wünschte. Die Heftigkeit des Verlangens verblüffte mich. Ich wollte schon die Neigung des Müßiggängers, sich in Fallen des Gefühls zu verstricken, dafür verantwortlich machen; doch war mir immer klar gewesen, daß meine Gefühle anderer Art waren. Diese stille Frau mit den großen, hellen Augen und dem melancholischen Mund hatte von mir Besitz ergriffen. Es war, als hätte sie schon immer in meinem Kopf und meinem Herzen gewohnt. Und als ich mich

schlafen legte, versuchte ich herauszufinden, was von ihr bewirkte, daß sie schon ein Teil von mir zu sein schien.
Aber bald nachdem ich das Licht gelöscht hatte, war mir klar, daß ich die ganze Nacht kein Auge schließen würde, und alle möglichen unerwünschten Probleme verscheuchten meine gefühlvollen Betrachtungen. Shreves hilflose Frage: »Wenn sie nicht Kate Spain ist, wer ist sie dann?« – Ich hatte über sie gelacht. Aber jetzt wiederholte eine innere Stimme unentwegt: Wer ist sie? Was weißt du denn von ihr? – Nichts, womit ich seine absurde Behauptung hätte widerlegen können. Wer war sie? War sie verheiratet, ledig, geschieden, eine Witwe? Hatte sie Kinder, Eltern, entfernte oder nahe Verwandte? Wo hatte sie gewohnt, ehe sie nach Kalifornien zog, und wann war das gewesen? Ich kannte weder ihren Geburtsort noch ihren Mädchennamen, geschweige denn, daß ich sonst irgend etwas von ihr gewußt hätte – ich kannte nur sie selbst.
Während ich mir in der erbarmungslosen Klarheit der Schlaflosigkeit unsere vielen Gespräche wieder ins Gedächtnis rief, fiel mir auf, daß sie die seltene Gabe des vollkommenen Zuhörers besaß, in dessen Schweigen jene unhörbaren Fragen und Antworten liegen, die wie geschaffen sind, einen aus der Reserve zu locken. Und ich war aus der Reserve gelockt worden, auf lächerliche, alberne Weise. Sie kannte die wichtigsten Details meiner dürftigen Biographie. Sie wußte, wer ich war, woher ich stammte, wer meine Freunde, meine Familie, meine Vorfahren waren; sie war über meine Pläne, Erwartungen, Vorlieben und Hobbys vollständig unterrichtet. Ich hatte ihr sogar meine Leidenschaft für Brahms und Bücher sowie meine Abneigung gegen das Radio und einen

meiner Schwäger gestanden. Und womit hatte sie diese Vertraulichkeiten erwidert? Mit einem verständnisvollen Lächeln, und dann und wann hatte sie gemurmelt: »Ach, finden Sie? Ich war auch immer dieser Meinung.«

Weiter reichte meine Bekanntschaft mit Mrs. Ingram noch nicht; und obwohl ich über Jimmy Shreves absurde Behauptung gelacht hatte, versetzte mich nichts in die Lage, das Gegenteil zu beweisen. Ich wußte nicht, wer Mrs. Ingram war, ich wußte gar nichts von ihr.

Aber von da bis zu dem Verdacht, sie könnte Kate Spain sein, war es freilich noch ein weiter Weg. Im Grunde könnte sie alles sein – oder sagen wir, fast alles –, aber keine Frau, die unter Mordverdacht gestanden hatte und nur freigesprochen worden war, weil die Indizien nicht ausgereicht hatten, um sie zu hängen. Ich verwarf diesen grotesken Gedanken sofort; es gab weiß Gott Probleme genug, die mich nicht schlafen ließen, auch ohne diesen Verdacht.

Es war falsch zu sagen, ich hätte nichts von Mrs. Ingram gewußt. Denn eines wußte ich von ihr: sie konnte Cassie Wilpert die Stirn bieten. Das war nur ein Anhaltspunkt, aber ich hatte gleich gespürt, wie entscheidend er war. Konnte man sich Interessen oder Verpflichtungen vorstellen, die jemanden wie Mrs. Ingram solch eine intime Nähe ertragen ließen? Wenn ich dahinterkäme, dann wüßte ich genug – nicht nur über die Begleitumstände, sondern über ihr wahres Wesen.

In meiner Gefühlsseligkeit war ich dem schwierigen Hindernis Cassie Wilpert bislang ausgewichen. Aber jetzt faßte ich den Entschluß, ihr entgegenzutreten. Ich wollte Kate Ingram einen Heiratsantrag machen. Schlug sie ihn aus, gingen mich ihre Privatangelegenheiten offenbar

nichts an; willigte sie jedoch ein, wollte ich mich sofort mit ihr wegen Miß Wilpert ins Benehmen setzen.
Es dauerte eine Ewigkeit, bis es hell wurde; und dann mußten immer noch ein paar Stunden vergehen, ehe ich Mrs. Ingram vernünftigerweise unter die Augen treten konnte. Doch um neun Uhr schickte ich ihr ein paar Zeilen mit der Frage, wann sie mich empfangen könne. Ein paar Minuten später kam der Etagenkellner zurück.
»Das ist doch keine Antwort, das habe ich selbst geschrieben«, rief ich.
Es waren tatsächlich meine eigenen Zeilen. Er brachte sie zurück, weil die Dame bereits abgereist war.
»Abgereist? Ausgegangen, wollten Sie sagen!«
»Nein, mit dem gesamten Gepäck abgereist. Die beiden Damen sind vor einer Stunde weggefahren.«
In Minutenschnelle hatte ich mich angezogen und war zum Portier hinuntergehastet. Es war gewiß ein Irrtum. Natürlich war Mrs. Ingram nicht abgereist. Der Kellner, den ich schon lange als Idioten eingestuft hatte, war schlicht und einfach zur falschen Tür gegangen. Aber nein; der Portier schüttelte den Kopf. Kein Irrtum möglich. Mrs. Ingram und Miß Wilpert waren am Morgen überraschend mit dem Wagen abgereist. Der Chauffeur sollte sie nach Italien fahren, nach Baveno oder Stresa, glaube er, könne es aber nicht mit Bestimmtheit sagen, die Damen hatten keine Adresse hinterlegt. Das Hotelpersonal berichtete, sie hätten die ganze Nacht gepackt. Die schweren Koffer sollten nach Mailand transportiert werden; der Portier hatte Anweisung, sie direkt zum Bahnhof zu schicken. Mehr könne er nicht sagen, und ich fand, er sah mich dabei merkwürdig an.

5

Jimmy Shreve sah ich vor meiner Abreise aus Mont Soleil an jenem Tage nicht mehr; ich bot sogar meinen ganzen Einfallsreichtum auf, damit ich ihm nicht in die Arme lief. Sollten weitere Erklärungen vonnöten sein, dann wollte ich sie von Mrs. Ingram selbst erbitten. Entweder war sie Kate Spain, oder sie war es nicht; und wie auch immer, sie war die Frau, der ich meine Liebe erklärt hatte. Ich hätte mir auch bei Shreves Anspielungen weiter nichts gedacht, wäre mir nicht Mrs. Ingrams Schrecken bei seinem Anblick eingefallen. Sie hatte ihn zunächst für jemand Bekannten gehalten; doch auch dies hätte nicht viel zu bedeuten gehabt, wären sie und ihre Gefährtin nicht ein paar Stunden später aus dem Hotel verschwunden, ohne eine Nachricht für mich zu hinterlassen oder beim Portier eine Adresse anzugeben.
Ich glaubte keinen Augenblick, daß zwischen ihrem Verschwinden und meinem Gespräch mit Mrs. Ingram am Abend zuvor ein Zusammenhang bestand. Sie selbst hatte um die Fortsetzung dieser Unterhaltung gebeten, als Miß Wilpert dazwischenkam. Und daraufhin hatte sie spontan ein Rendezvous am nächsten Morgen vorgeschlagen. Es wäre weniger quälend gewesen zu denken, sie wäre vor meinem inständigen Werben und nicht aus Angst vor Shreves Enthüllungen geflüchtet. Aber ich wußte, wahrscheinlicher war der letztgenannte Grund.
Die Entdeckung brachte mich aus der Fassung. Es dauerte einige Stunden, bis ich über den unglaublichen Gedanken hinweggekommen war, diese Frau mit dem sanften Wesen, mit dem ich mich in solch wunderbarem Einklang befand, sollte unter Mordverdacht gestanden haben – ja, am Ende sogar die Mörderin ihres eigenen

Vaters sein. Doch je länger ich diese Möglichkeit erwog, desto weniger glaubte ich an sie. Womöglich gab es andere, nicht sehr ehrenwerte Gründe für ihre überstürzte Flucht. Aber daß sie geflohen sein sollte, weil Shreve sie erkannt hatte und sie dies wußte, schien bei weiterem Nachdenken ausgeschlossen.

Dann betrachtete ich die Frage aus einem anderen Blickwinkel. Angenommen, sie *wäre* Kate Spain? Nun, ihr Vater war von einem Landstreicher ermordet worden – so hatte das Gericht befunden. Vielleicht wäre sie nie in Verdacht geraten, hätte nicht ganz Cayuga gewußt, was für ein egoistischer Geizhals der Alte war, der seiner Tochter jahrelang das Leben zur Hölle gemacht hatte. Wer die Umstände kannte, dem schien es nur zu begreiflich, fast natürlich sogar, daß sich das arme Geschöpf letztlich gegen den Alten gewandt hatte. Aber sie hatte problemlos ihre Unschuld unter Beweis gestellt, es war eindeutig erwiesen, daß sie zur Tatzeit nicht zu Hause war. Die Anklage und der Prozeß gehörten schlicht und einfach zu jenen entsetzlichen Irrtümern, denen unschuldige Menschen schon so oft zum Opfer gefallen sind. Was immer sie auch tat, damit Gras über die Sache wachsen würde, ihr Name bliebe unweigerlich mit der elenden Tragödie verbunden. War es da nicht ganz natürlich, daß sie bei jeder Erinnerung daran, beim geringsten Verdacht, erkannt worden zu sein und ihre Identität von einem Klatschmaul von Journalisten preisgegeben zu sehen, die Flucht ergriff? Wenn sie Kate Spain war, war die Furcht, daß jeder in dem gutbesuchten Hotel bald Bescheid wüßte, Grund genug, um sie daraus zu vertreiben. Wenn es jedoch für ihre Abreise einen anderen Anlaß gab, der keineswegs mit Shreves Auftauchen zusammenhing, war sie dann nicht womöglich einer plötz-

lichen Laune von Cassie Wilpert zuzuschreiben? Wie Mrs. Ingram mir berichtet hatte, langweilte sich Cassie und wollte fort. Und eines war ganz klar: wie kategorisch sie auch ihre Unabhängigkeit beteuerte – letztlich würde sie immer Miß Wilpert gehorchen.
Das war die traurige Alternative. Eine arme Frau – wie immer man es nahm, dachte ich. Und als ich zu diesem Schluß gelangt war, saß ich bereits in dem Zug, der mich eilends nach Mailand brachte. Was auch geschah, ich mußte sie wiedersehen und aus ihrem eigenen Mund hören, wovor sie floh.
Ich hatte mir keine übertriebenen Hoffnungen gemacht, die Flüchtlinge in Stresa oder Baveno aufzustöbern. Sie würden wohl kaum zu einem der Orte reisen, die sie beim Portier erwähnt hatten, aber am nächsten Morgen suchte ich beide auf und überprüfte sorgfältig alle Gästelisten der Hotels. Wie vorausgesehen, fehlte von den Reisenden jede Spur, und ich wußte nicht, wohin ich mich als nächstes wenden sollte. Das Gepäck, das die beiden Frauen nach Mailand geschickt hatten, träfe allerdings erst am nächsten Tag ein, und vermutlich warteten sie in der näheren Umgebung darauf. Plötzlich fiel mir ein, daß ich Mrs. Ingram, als sie einmal klagte, die mondänen Hotels leid zu sein, geraten hatte, eine kleine *pensione* am Ortasee auszuprobieren, wo sie meilenweit entfernt war von diesen »Palästen« und den Leuten, die in ihnen verkehrten. Sie erinnerte sich wahrscheinlich nicht mehr an den Ort, aber den Namen hatte ich in ihrem Reiseführer angestrichen, wo sie ihn vielleicht fände. Jedenfalls war Orta nicht weit entfernt. Und ich beschloß, in Stresa einen Wagen zu mieten und vor meiner Weiterreise dorthin zu fahren.

6

Den Anblick des Gesellschaftsraums in der *pensione* in Orta werde ich wohl nie vergessen. Ich wartete dort, daß Mrs. Ingram aus ihrem Zimmer nach unten käme, und fragte mich, was wir uns dann einander zu sagen hätten.

Vor die Reihe der drei Fenster hatte man kräftig gestärkte Tüllgardinen gezogen und somit die unvergleichliche Sicht auf den schönsten Teil des Sees und der Berge versperrt. Ein riesiges Ölbild eines Schweizer Wasserfalls schmückte zum Ausgleich die gegenüberliegende Wand. In der Mitte des Raumes stand ein Tisch aus imitiertem Ebenholz mit Elfenbeinintarsien, die zum größten Teil bereits aus den Kerbungen gesprungen waren, und auf ihm lag wie gewöhnlich der staubige Haufen Touristenblätter, Modezeitschriften und zerlesene Nummern des *Zion Weekly* und *Christian Science Monitor*.

Woraus ist das Gedächtnis des Menschen gemacht, das wie meines in solch einem Moment diese bedrückenden Einzelheiten genauestens und unauslöschlich registriert? Ich weiß sogar noch, wie ich bei dem Gedanken lächelte, welchen Eindruck meine Lieblingspension auf die Reisenden gemacht haben mochte, die soeben aus der teuersten Suite des Palace Mont Soleil ausgezogen waren.

Und dann kam Mrs. Ingram herein.

Zuerst meinte ich, irgend etwas an ihrem Kleid oder ihrer Frisur habe sie verändert. Dann fielen mir zwei Tupfer Rouge auf, die ungeschickt auf ihre blassen Wangen gesetzt worden waren, und eine Puderschicht auf den dunklen Ringen unter ihren Augen. Wenn sie solch eine Maskerade für nötig hielt, hatte sie seit unserer

Trennung ganz gewiß schlimme Gewissensqualen durchgemacht.
»Ich wußte, daß ich Sie hier finden würde«, sagte ich.
Sie ließ mich ihre Hände ergreifen, konnte im ersten Moment jedoch nicht reden. Dann sagte sie mit einer veränderten Stimme: »Sie haben sich wohl gewundert...«
»Ja, ich war verwundert.«
»Cassie hatte plötzlich beschlossen...«
»Das dachte ich mir.«
Sie sah mich flehentlich an. »Aber sie hatte recht, verstehen Sie.«
»Recht? Weshalb?«
Ihre rot bemalten Lippen fingen an zu beben, und sie zog ihre Hände zurück.
»Ehe Sie weitersprechen«, unterbrach ich, »müssen Sie mich reden lassen. Ich möchte, daß Sie mich heiraten.«
So abrupt hatte ich dies eigentlich nicht vorbringen wollen. Aber irgend etwas in ihrem kläglichen Bemühen, den Kummer zu überspielen, hatte mich über alle Zweifel, Bedenken und Ausflüchte, über jedes Zögern hinweg näher zu ihr hingezogen.
Sie sah mich noch immer schweigend an, und zwei Tränen rannen über ihre Lider und verschmierten den Puder auf ihren Wangen.
»Nein... nein... nein...!« rief sie, wobei sie ihre schmale Hand hob und auf meine Lippen drückte. Ich schob ihre Hand beiseite und hielt sie fest.
»Warum nicht? Sie wissen schon seit vorgestern, daß ich um Sie anhalten wollte, und als wir gestört wurden, versprachen Sie mir, mich am nächsten Morgen anzuhören. Sie haben selbst gesagt: ›Morgen früh.‹«
»Ja, aber da wußte ich noch nicht...«

»Was wußten Sie nicht?«

Ich hielt sie noch immer fest und fixierte sie mit den Augen. Eindringlich und verzweifelt erwiderte sie meinen Blick. Dann machte sie sich los.

»Lassen Sie mich. Ich bin Kate Spain«, sagte sie.

Wir standen einander schweigend gegenüber. Dann lachte ich und entgegnete mit einer Stimme, die mir vorkam, als würde ich schreien: »Schön, Kate Spain. Ich möchte Sie heiraten.«

Sie wich zurück, die Hände über der Brust verschränkt. »Sie wissen es bereits? Dieser Mann hat es Ihnen erzählt?«

»Wer, Jimmy Shreve? Und wenn schon – spielt das eine Rolle? War das der Grund, weshalb Sie vor mir davongelaufen sind?«

Sie nickte.

»Und Sie glaubten, ich würde Sie nicht finden?«

»Ich dachte, Sie würden mich nicht suchen.«

»Sie dachten, ich ließe Sie, nachdem ich Ihnen an dem einen Tag meine Liebe erklärt habe, an dem nächsten so mir nichts, dir nichts aus meinem Leben verschwinden?«

Wieder blickte sie mich lange an. »Sie ... Sie sind sehr nobel. Dafür bin ich dankbar. Aber Sie können Kate Spain nicht heiraten«, sagte sie mit einem leisen Lächeln, das wie die Grimasse einer Sterbenden wirkte.

Aber für mich gab es gar keinen Zweifel, daß ich konnte. Schon als ich sie zum erstenmal gesehen hatte, war ich davon überzeugt gewesen, und ich antwortete: »Ich kann nicht? Das werden wir ja sehen.«

»Sie wissen nicht, was für ein Leben ich führe. Was würden Sie sagen, wenn ständig jemand, wo Sie auch sind, plötzlich hinter Ihnen flüstert: ›Sieh mal. Das ist Kate Spain‹?«

Ich schaute sie an und konnte im Moment keine Antwort finden. Der erste Impuls tiefen Mitgefühls hatte den Schock über ihr Geständnis hinweggefegt. Solange sie nur sie selbst blieb, würde es mich nicht belasten, daß sie auch Kate Spain war. Doch ihre letzten Worte riefen auf einmal eine Vorstellung von dem Leben hervor, das sie seit ihrem Freispruch geführt haben mußte – vom Leben, das ich mit ihr teilen wollte. Ich dachte an meine hilflose Wut, als Shreve mir gesagt hatte, wer sie war, und fast hörte ich schon das infame Geflüster »Kate Spain, Kate Spain«, das uns von Ort zu Ort, von Haus zu Haus verfolgen würde – meine Frau und mich.

Sie hielt mein Zögern für eine Antwort. »Daran haben Sie wohl nicht gedacht? Aber ich kann tagein, tagaus an nichts anderes denken. Drei Jahre laufe ich nun vor dem Klang meines Namens davon. Zuerst habe ich es mit Kalifornien versucht. Man war nett zu mir, alle waren nett. Aber immerzu hörte ich meinen Namen: Kate Spain – Kate Spain! Ich konnte nicht zur Kirche oder ins Theater gehen oder in einen Laden, um ein Röllchen Garn zu kaufen, ohne daß ich meinen Namen hörte. Wozu nannte ich mich Mrs. Ingram, wenn ich doch überall nur Kate Spain zu hören bekam? Sogar die Schulkinder wußten Bescheid und stürmten hinaus auf die Straße, um mich anzugaffen, wenn ich vorbeiging. Ich erhielt Briefe von Leuten, die Autogramme sammeln und mich um meine Unterschrift baten. ›Kate Spain, Sie wissen schon.‹ Und als ich mich verkriechen wollte, hieß es: ›Wovor hat sie Angst? Hat sie etwas zu verheimlichen?‹ Und ich bemerkte, wie peinlich und unangenehm es meinen Verwandten war, daß ich kein normales Leben wie sie führen konnte... Nach einem Jahr hielt ich es nicht mehr aus, deshalb sind wir fortgegangen und um die ganze Welt gereist... Aber es fängt überall wieder von vorne an: niemals werde ich entkommen.« Sie sackte in sich zusammen und verbarg eine Zeitlang ihr Gesicht. Dann blickte sie zu mir empor und sagte: »Und deshalb müssen Sie gehen. Verstehen Sie?«

Ich blickte sie weiter schweigend an und wünschte, mit meiner Antwort möge meine ganze Willenskraft auf sie übergehen: »Im Gegenteil. Ich weiß jetzt, daß ich bleiben muß.«

Sie starrte mich entgeistert an. »Nein... nein.«

»Doch, doch. Denn was Sie da erzählen, ist ein wirrer Traum, der nach allem, was Sie durchgemacht haben, ganz natürlich ist. Aber mit der Wirklichkeit hat er nichts zu tun. Sie haben tagein, tagaus an nichts anderes denken können? Warum denken Sie überhaupt noch daran? Ihr richtiger Name ist Kate Spain. Na und? Warum verheimlichen Sie ihn? Sie haben ihn nicht in den Schmutz gezogen. Sie haben unter ihm gelitten, sind aber nie gedemütigt worden. Wenn Sie ihn loswerden wollen, gibt es ein viel besseres Rezept: Nehmen Sie meinen an. Und sollten die Leute in der Zwischenzeit fragen, ob Sie Kate Spain sind, versuchen Sie ja zu sagen, statt vor ihnen davonzulaufen.«

Sie hörte mit gesenktem Kopf und verschränkten Händen zu, und ich sah, wie sich ein sanfter Ausdruck auf ihre Lippen stahl. Aber als ich zu sprechen aufgehört hatte, sah sie traurig zu mir empor und fragte: »Hat Ihnen schon einmal die Todesstrafe gedroht?«

Die Frage erschütterte meinen Optimismus zutiefst. Schlagartig fiel mir ein, daß ich, als ich sie zum erstenmal gesehen hatte, um ihren Mund und ihre Augen einen Ausdruck zu entdecken geglaubt hatte, der sich von dem jeder anderen mir bekannten Frau unterschied. Als hätte sie vollkommen andere Erfahrungen gemacht. Jetzt wußte ich, was es war: der düstere Schatten des Schwurgerichts und der lange, einsame Kampf, den sie gekämpft hatte, um ihren Kopf zu retten. Und ich wollte eine Frau zur Vernunft bringen, die dies alles durchgemacht hatte!

»Armes Mädchen, mein armes Kind!« Ich breitete meine Arme aus, und sie ließ sich hineinfallen und gab sich weinend ihrem Schmerz hin. Zu sagen gab es nun nichts mehr: Worte konnten ihr nicht helfen. Nur das Gefühl menschlicher Nähe, menschlichen Mitgefühls, die Umarmung eines Mannes, sein Herz dicht an ihrem, konnte sie aus ihrer eisigen Hölle ans warme Tageslicht ziehen.

Vielleicht wollte ich sie wegen des Gedankens an diese heilende Wärme plötzlich von den Tüllgardinen und dem Schweizer Wasserfall fortbringen. Eine Zeitlang saßen wir schweigend da, und ich hielt sie in meinem Arm. Dann sagte ich: »Machen Sie einen Spaziergang mit mir. Ganz in der Nähe führen wunderbare Wege hinauf durch die Buchenwälder.«

Sie sah mich mit einem scheuen Lächeln an. Ich wußte, sie würde jetzt alles tun, was ich sagte. Aber bevor wir aufbrachen, mußte ich noch eine andere Last abwerfen. »Ich möchte Sie den Rest des Tages ganz für mich alleine haben. Wo ist Miß Wilpert?«

Miß Wilpert sei in Mailand, sagte sie, und komme erst spätabends zurück. Sie wolle sich um Reisedokumente und die Passage auf einem Kreuzfahrtschiff kümmern, das in ein paar Tagen von Genua in die Ägäis auslief. Die Damen wollten an der Reise teilnehmen. Ich erwiderte nichts darauf, und wir durchquerten den Garten der Pension und stiegen den Weg in die Buchenwälder hinauf.

Wir wanderten eine ganze Weile und wechselten kaum ein Wort. Dann setzten wir uns auf die moosigen Stufen einer der kleinen Wallfahrtskapellen unter den Bäumen. Die liebliche Einsamkeit des Orts senkte sich allmählich beruhigend auf das gequälte Geschöpf an meiner Seite.

Während wir dort saßen, glitt die Sonne zum Horizont hinab, und durch die mächtigen Zweige sahen wir, wie der See sich golden färbte und sich dann verdunkelte und wie der Mond über den Bergen aufging. Ich legte meine Hand auf ihre. »Und jetzt machen wir Pläne«, sagte ich.

Ihre Augen nahmen wieder den besorgten Ausdruck an. »Pläne – warum denn? Heute?«

»Ist es nicht ganz natürlich, daß zwei Menschen, die sich für ein gemeinsames Leben entschieden haben, über ihre Zukunft reden wollen? Erst einmal: Wann heiraten wir?«

Sie zögerte lange und spielte nervös mit ihren unglücklichen Händen. Sie hatte das Stadium, in dem sie sich stets widersetzte, hinter sich gebracht, und ich war mir fast sicher, sie fiele nicht wieder in es zurück. Ich wartete, und schließlich sagte sie, während sie in eine andere Richtung blickte: »Aber du kannst Cassie nicht leiden.«

Die Worte erschreckten mich, obwohl ich sie eigentlich erwartet hatte. Doch im Grunde war ich froh darüber, denn ich wußte nicht, wie ich das Thema hätte zur Sprache bringen sollen. Und besser sie als ich.

»Es beruht auf Gegenseitigkeit, Liebling. Kommt das der Wahrheit nicht näher?«

»Ja, vielleicht. Aber ...«

»Nun, dann wird sich Cassie bestimmt ebenso ins Zeug legen wie ich –«

Sie unterbrach mich plötzlich und rief: »Nein ... nein! Sie wird mich niemals verlassen ... Nie.«

»Dich nie verlassen? Auch nicht, wenn du meine Frau bist?«
Sie ließ den Kopf hängen und rang wieder verzweifelt ihre Hände. »Nein, nicht einmal, wenn sie erlauben würde...«
»Erlauben würde –?«
»Daß ich dich heirate«, sagte sie flüsternd.
Ich bändigte ihre Hände und zwang sie, sich zu mir herumzudrehen. »Kate – sieh mich an, sieh mir in die Augen! Soll ich dir etwas sagen? Dein ärgster Feind ist nicht Kate Spain, sondern Cassie Wilpert.«
Sie entzog sich meinem Griff und wich zurück. »Mein ärgster Feind? Cassie? Sie ist meine einzige Freundin!«
»Beim Prozeß damals, ja. Ich verstehe deine grenzenlose Dankbarkeit für ihre Hilfe. Wahrscheinlich denke ich darüber so, wie du es von mir erwartest. Aber du kannst deinen Dank auch anders zeigen, als den Rest des Lebens mit ihr zu verbringen.«
Wieder ließ sie den Kopf hängen. »Ich habe doch schon alles probiert«, murmelte sie schließlich leise.
»Was alles probiert?«
»Ach, alles. Ich bin jetzt ja reich«, begann sie gefaßt, und ihre Farbe kehrte zurück. »Ich habe ihr das Haus in Cayuga angeboten, ein schönes Haus, das angeblich sehr wertvoll ist. Sie hätte es verkaufen können, wenn sie dort nicht wohnen wollte. Und natürlich hätte ich ihr weiterhin Unterhalt gezahlt – sogar verdoppelt hätte ich ihn. Aber sie wollte einfach bei mir bleiben; das neue Leben gefiel ihr. Sie war ja nur ein einfaches Dienstmädchen, und ihr ging's furchtbar schlecht, als... als Vater noch lebte. Sie war unsere einzige Hilfe... Du hast bestimmt alles gelesen... Und war trotzdem gut zu mir... Sie redete mit ihm, wie ich mich das nie getraut hätte...

Und dann, beim Prozeß... Der Prozeß dauerte einen ganzen Monat – ein Monat mit einunddreißig Tagen... Oh, laß mich nicht wieder davon anfangen, um Gottes willen«, stieß sie schluchzend hervor.

Man konnte unmöglich weiter mit ihr reden. Ich überlegte nur, wie ich sie trösten könne. Ich half ihr beim Aufstehen, flüsterte ihr wie einem verängstigten Kinde zu und legte meinen Arm um sie, um sie den Weg hinabzuführen. Sie lehnte sich an mich und hakte sich bei mir ein. Schließlich sagte sie: »Versteh doch, es geht nicht. Ich habe dir schon immer gesagt, daß es nicht geht.«

»Es muß sein; es wird mir immer klarer«, antwortete ich. »Aber sprechen wir jetzt nicht mehr davon.«

In einer Ecke des Speiseraums aßen wir still zu Abend. Die Pension wurde von einem Pulk alter britischer Jungfern, pensionierter Offiziere und Beamten bewohnt, die allesamt so weit entfernt waren vom »Fall Ezra Spain«, daß die verhaßten Silben – auch wenn Shreve Mrs. Ingrams Identität hier ausposaunt hätte – kein Echo gefunden hätten. Ich machte Mrs. Ingram darauf aufmerksam und erklärte ihr, in ein paar Jahren erinnere sich niemand mehr an den Prozeß – nicht einmal in ihrem Heimatland –, und sie könne unerkannt und ungestört kommen und gehen. Sie schüttelte den Kopf und murmelte: »Cassie glaubt das nicht.« Doch als ich einwarf, Miß Wilpert möge vielleicht eigene Gründe zur Pflege dieses Trugschlusses haben, ging sie auf die Bemerkung nicht ein und lenkte mich zu erfreulicheren Themen.

Nach dem Essen war es noch warm genug, um beim Schein des Mondes am Ufer entlangzuschlendern, und während sie in der kleinen Laube am See saß, schien sie endlich die Bürde ihrer Qualen abzuschütteln und sich dem seltsamen neuen Gefühl des Glücks und der Sicherheit zu überlassen. Aber als die Kirchturmuhr schlug, fuhr sie zusammen und drängte auf unsere sofortige Rückkehr zur Pension, um vor Miß Wilpert dort zu sein. Sie komme bald zurück, und Mrs. Ingram wünschte nicht, daß sie vor dem nächsten Tag von meiner Anwesenheit erfuhr.

Ich willigte ein, verlangte aber vor ihr, Miß Wilpert von unserer bevorstehenden Heirat zu unterrichten und mir das Resultat der Unterredung so schnell wie möglich mitzuteilen. Ich wollte Kate gleich danach wiedersehen, um die unausbleiblichen Drohungen und Angriffe, ehe sie sich in ihrer gequälten Phantasie riesenhaft auswüchsen, zu entkräften und mit einem Lachen abzutun. Sie versprach, mich zwischen elf und zwölf in dem verwaisten Schreibzimmer aufzusuchen, das wir um diese Zeit gewiß für uns allein hätten, und von dort dürfe ich sie den Hang hinaufführen, damit wir ungestört reden könnten.

7

In jener Nacht fand ich keinen rechten Schlaf. Ehe die Pension am nächsten Morgen zum Leben erwachte, ruderte ich ein wenig auf dem See. Die Bewegung beruhigte meine Nerven, und als ich zurückkehrte, war ich gegen weitere Strapazen, die auf mich warten sollten, einigermaßen gefeit. Ich hielt sie indes nicht für so arg wie meine arme, betrübte Freundin und war überzeugt, wenn ich Kate nur fest genug zur Seite stand, wäre das Schlimmste bald vorbei. Es war kurz nach neun, und ich trank den letzten Schluck des Café au lait, den ich bei meiner Rückkehr vom Rudern bestellt hatte, als ich an meiner Tür ein Klopfen vernahm – nicht das beiläufige Pochen eines lustlosen Kellners, der das Tablett abholen kommt, sondern einen lauten, ungeduldigen Ton, auf den sofort ein weiterer folgte. Und noch ehe ich antworten konnte, flog die Tür auf und Miß Wilpert trat ein. Sie schloß die Tür hinter sich, blieb stehen und blickte mich mit hochrotem Kopf herausfordernd an. Aber ich kannte diesen Blick bereits recht gut und verspürte sofort Erleichterung. Sollte eine Szene drohen, kriegte am besten ich das Fett ab. Diese Miß Wilpert jagte mir weitaus weniger Angst ein als die Miß Wilpert in Kates Phantasie.

Ich stand auf und schob ihr den einzigen Sessel hin. »Sie wollten mich sprechen, Miß Wilpert? Nehmen Sie doch Platz.«

Meine Besucherin überhörte das Angebot. »Sie sprechen? Himmel, nein... Sie wären uns besser nie unter die Augen gekommen«, erwiderte sie mit eindringlicher, rauher Stimme. Wäre es nicht so früh gewesen, hätte ich angenommen, sie habe sich bereits für den Zusammenstoß gestärkt.

»Wenn Sie also nicht Platz nehmen möchten und mich auch nicht sprechen wollen –« begann ich freundlich, aber sie fiel mir ins Wort.

»Ich will Sie nicht sprechen, aber ich muß es tun. Glauben Sie etwa, ich wäre hier, wenn ich Ihnen nichts zu sagen hätte?«

»Aber dann nehmen Sie doch lieber Platz.«

Sie schüttelte den Kopf, blieb am Fenster stehen und stützte einen Ellbogen auf das Fensterbrett. »Ich möchte folgendes wissen: Wie kommt ein Lackaffe wie Sie eigentlich dazu, Damen ihre Geheimnisse wie Würmer aus der Nase zu ziehen?«

Jetzt kamen wir also zur Sache. »Wenn ich mir diesen Vorwurf schon gefallen lassen muß«, sagte ich ruhig, »dann aber zumindest nicht, weil ich sie Ihnen aus der Nase ziehe.«

Die Antwort verblüffte sie. Sie wurde dunkelrot und heftete ihre kleinen, argwöhnischen Augen auf mich.

»*Meine* Geheimnisse?« schoß es aus ihr heraus. »Was wissen Sie über meine Geheimnisse?« Sie faßte sich wieder, indem sie nervös lachte. »Was bin ich doch für eine Närrin! Sie wollen nur meine Frage nicht beantworten. Ich möchte wissen, was Sie in den Privatangelegenheiten meiner Freundin herumzuschnüffeln haben?«

Ich zögerte und kämpfte wieder gegen meinen Zorn. »Wenn ich, wie Sie es nennen, darin herumgeschnüffelt habe, dann doch nur, wie Sie wissen dürften, nachdem ich Mrs. Ingram gebeten hatte, meine Frau zu werden.«

Miß Wilperts Lachen wurde zu einem zornigen Wiehern. »Genau! Sie wollen sie nur heiraten, damir Sie ihr auf die Schliche kommen können. Ihr ist vor lauter Gutgläubigkeit nichts aufgefallen, bis ich ihr erzählt habe, was ich von dem Streich halte, den Sie ihr da spielen.«

»Ach, Sie haben erzählt, es wäre ein Streich? Und wie hat sie darauf reagiert?«

Miß Wilpert rührte sich nicht vom Fleck und schwieg. Nach einer Weile kam sie zu mir und schlug mit ihrer roten Faust auf den Tisch, daß es krachte, und schrie: »Das will ich Ihnen sagen: sie heiratet Sie nie!«

Ich hätte beinahe zurückgeschrien, beherrschte mich aber, weil mir bewußt war, daß wir den kritischen Punkt unserer Auseinandersetzung erreicht hatten. Ich schwieg und wartete.

»Haben Sie nicht verstanden, was ich gesagt habe?« fragte sie herausfordernd.
»Doch. Aber das müßte Mrs. Ingram mir schon selber sagen.« Meine Gelassenheit schien Miß Wilpert zu mäßigen. Sie sah mich skeptisch an und ließ sich dann in den Sessel fallen, den ich ihr hingeschoben hatte.
»Sie soll es Ihnen also selber sagen?«
»Ja.« Ich setzte mich ebenfalls und wartete.
Miß Wilpert fuhr sich mit einem zusammengeknüllten Taschentuch über die Lippen. »Schön, ich kann sie holen, damit sie das tut. Nichts leichter als das. Sie tut alles, was ich ihr sage. Ich dachte nur, Sie würden sich wie ein Gentleman benehmen und ihr die Peinlichkeit ersparen –«
»Nicht, wenn Mrs. Ingram sie mir nicht ersparen will.«
Miß Wilpert dachte verwirrt dreinblickend nach. »Nehmen Sie mich beim Wort: Sie wird Ihnen genau dasselbe sagen –«
»Ich nehme nur Mrs. Ingram beim Wort.«
»Wenn Sie so große Stücke auf sie halten, wären Sie besser in aller Stille fortgegangen, als sie weiter zu quälen.« Ich schwieg wieder, und sie zog ihren Sessel an den Tisch und streckte ihre fleischigen Arme aus. »Passen Sie auf, Mr. Severance, jetzt hören Sie mir einmal zu.«
»Ich höre.«
»Ich habe Kate so gern, ich könnte ihr kein Haar krümmen«, winselte sie. Ich sagte nichts dazu, und mit einer Stimme, die merkwürdig leise und unsicher geworden war, fuhr sie fort: »Aber wozu soll ich mich mit Ihnen in die Wolle kriegen?«
»Schön, daß Sie das begriffen haben.«
»Gut. Dann wollen wir uns wie alte Freunde unterhalten. Kate kann Sie nicht heiraten, Mr. Severance. Ist das klar?

Sie nicht und auch keinen anderen. Ich möchte ihr nur weitere Szenen ersparen. Glauben Sie mir: wenn Sie heimlich, still und leise verschwinden, renke ich alles wieder ein, damit sie Ihnen nicht böse ist.«

Ich hörte mir diesen erstaunlichen Vorschlag mit größter Fassung an, konnte jedoch unmöglich ein leises Lachen unterdrücken, das Miß Wilpert für eine Antwort hielt. Ihr fahles Gesicht wurde puterrot. »Wie?«

»Unsinn, Miß Wilpert. Sie können mir doch nicht befehlen, daß ich weggehe.«

Sie stützte die Ellbogen auf den Tisch und drückte ihr Kinn in die verschränkten Hände. Ich sah, daß es sie die größte Mühe kostete, sich zu beherrschen. »Passen Sie auf, junger Mann, jetzt hören Sie ...«

Ich schwieg weiterhin, und sie sah mich an, und ihre dicke Unterlippe verschob sich seltsam, als taste sie nach Worten, die sie nicht finden konnte.

»Ich sage Ihnen –« stammelte sie.

Ich stand auf. »Wenn Sie mir nur mit unbegründeten Drohungen kommen, beenden wir unsere Unterhaltung lieber.«

Sie erhob sich ebenfalls. »Beenden? Aber sofort, wenn Sie sich nur verziehen würden.«

»Begreifen Sie nicht, daß Sie nur Ihre Worte verschwenden?«

»Sie wollen sie also weiter sehen?«

»Natürlich werde ich das, und zwar sofort. Wenn Sie mich bitte entschuldigen wollen.«

Beunruhigt wich sie zurück und baute sich zwischen mir und der Tür auf. »Sie wollen jetzt zu ihr? Das geht aber nicht! Sie bringen sie ja um. Legen Sie es etwa darauf an?«

»Zunächst einmal lege ich es darauf an, mit diesem sinnlosen Gerede Schluß zu machen«, sagte ich und ging zur Tür. Miß Wilpert warf sich mit Macht zurück, stellte sich vor die Tür und streckte beide Arme aus, um mir den Weg zu versperren. »Sie kann nicht heiraten – Kate kann Sie nicht heiraten!« rief sie.

Die Hände in den Hosentaschen, blieb ich schweigend stehen.

»Sie ... Sie glauben mir nicht?«

»Ich habe Ihnen nichts mehr zu sagen, Miß Wilpert.«

»Aha, Sie haben mir nichts mehr zu sagen? Diesen Ton schlagen Sie also an? Aber ich habe noch ein Wörtchen mit Ihnen zu reden, und Sie kommen nicht eher aus diesem Zimmer, bis Sie es gehört haben. Und dann wären Sie lieber tot.«

»Ich will's nicht wissen, wenn es um Mrs. Ingram geht, und wenn Sie mich dazu zwingen wollen, werde ich stocktaub sein. Überlegen Sie lieber, ob es die Mühe lohnt.«

Sie drückte sich gegen die Tür, ihren schweren Kopf seltsam vorgebeugt. »Lohnt ... lohnt? Es könnte sich für Sie lohnen, wenn Sie nichts erfahren. Ich gebe Ihnen noch eine Chance«, sagte sie.

»Ich wäre Ihnen sehr verbunden, wenn Sie jetzt gehen würden, Miß Wilpert.«

»Sehr verbunden?« spottete sie affektiert. »Sehr verbunden wären Sie mir? Hört nur, Mädchen, wie elegant! Ja, ja, ich gehe schon, junger Mann, aber erst sollen Sie Ihr Todesurteil hören.«

Ich lächelte. »Sie wissen doch, ich höre nichts. Ich bin auf beiden Ohren taub.«

Ihr entfuhr ein kurzes, spitzes Gelächter, und ihre Arme sanken herab. »Auf beiden Ohren taub, sagt er. Und trotzdem wird's ihm bis zum Tod noch in den Ohren klingen –.« Leicht torkelnd kam sie auf mich zu; offenbar wollte sie wieder an den Tisch zurück, auf dem sie ihre Handtasche liegengelassen hatte. Ich griff nach der Tasche. »Wollen Sie Ihre Tasche?«

»Meine Tasche?« Ihr Kinn klappte ein wenig nach unten und begann wieder zu beben. »Ja… ja, meine Tasche. Geben Sie her. Gleich wissen Sie alles über Kate Spain…« Sie war zum Sessel gelangt, hatte sich seitlich hineinfallen lassen und saß dort mit gesenktem Kopf, während die Arme an ihren Seiten herabhingen. An die Handtasche, die ich neben sie gestellt hatte, dachte sie offenbar nicht mehr.

Ich sah sie entsetzt an. War sie am Ende betrunken? Oder war sie krank – todkrank? Mir wurde kalt ums Herz, und ich ging zu ihr und hielt sie fest. »Miß Wilpert, stehen Sie doch auf. Oder geht es Ihnen nicht gut?«

Ihre aufgedunsenen Lippen formten ein dünnes Lachen, und an den Mundwinkeln lief ein Speichelfaden herab. »Kate Spain… Ich sage Ihnen…« Ihr Kopf sank auf ihre faltige, bleiche Brust. Ihre Arme waren ohne Leben; ihre Stimme versagte, und sie regte sich nicht mehr.

8

Nach der anfänglichen Konfusion und Sorge und den zwei oder drei rastlosen Stunden, in denen ich telefonierte, Ärzte konsultierte, Krankenschwestern einstellte und mich nach Pflegeheimen erkundigte, konnte ich endlich ein paar Worte mit Mrs. Ingram wechseln.

Miß Wilperts Fall war eindeutig: durch plötzliche Erregung hervorgerufener Schlaganfall, der – wie die Ärzte, die wir aus Mailand kommen ließen, uns zu verstehen gaben – Resultat einer Gehirnerweichung war und in ein paar Wochen womöglich den Tod nach sich ziehen würde. Der Ausbruch der armen Frau mir gegenüber war der unmittelbare Auslöser gewesen, doch unter vier Augen erklärten die Ärzte mir, bei ihrem schlechten Allgemeinzustand hätte jeder Schock dasselbe bewirkt. Fortgesetzter übermäßiger Genuß von Speisen und Alkohol – vor allem Alkohol – hatte sie physiologisch vorzeitig zu einer alten Frau gemacht. Alle Organe waren angegriffen, und man konnte nur hoffen, daß die Widerstandskraft des Körpers, die manchmal zunimmt, wenn der Geist versagt, ihr kein langes Siechtum bescheren würde.

Dies mußte ich Mrs. Ingram so schonend wie möglich nahebringen und mich gleichzeitig vor den schmerzlichen Schlußfolgerungen wappnen, die sie womöglich aus den Begleitumständen des Schlaganfalls ziehen könnte. Daß Miß Wilpert in meinem Zimmer plötzlich kollabiert war, wußte sie ebensogut wie die ganze aufgeschreckte Pension, und alle Bewohner der Etage hatten die dem Anfall vorangegangene heftige Diskussion mitbekommen. Aber Kate Ingram wußte noch mehr. Sie – und nur sie allein – wußte, warum Cassie Wilpert mich aufgesucht hatte, und als wir allein waren, stand ihr dies Wissen ins Gesicht geschrieben. Deshalb hielt ich es auch für vernünftiger, wenn ich keine Ausflüchte machte.

»Du hast Miß Wilpert wahrscheinlich noch gesehen, ehe sie zu mir kam?« fragte ich.

Sie machte eine vage zustimmende Geste. Zum Sprechen war sie offenbar zu aufgewühlt.

»Und sie hat dir wahrscheinlich auch gesagt, sie würde mir schon klarmachen, daß ich dich nicht heiraten dürfe.«

»Ja – das hat sie gesagt.«
Ich setzte mich neben sie und nahm ihre Hand. »Ich weiß nicht«, fuhr ich fort, »was sie damit meinte oder wie sie es verhindern wollte. Denn ehe sie weitersprechen konnte ...«
Kate Ingram wandte sich mir rasch zu. Ich sah, wie das Leben in ihr erschrockenes Gesicht zurückkehrte. »Sie hat – weiter nichts gesagt?«
»Dazu kam es nicht mehr.«
»Kein Wort?«
»Nichts.«
Mrs. Ingram blickte mich lange an. Dann schlug sie die Hände vors Gesicht. Ich saß schweigend neben ihr, und schließlich ließ sie die Hände wieder sinken und blickte mich an. »Du warst sehr gut zu mir«, sagte sie.
»Dann mußt du ebenfalls gut sein, meine Liebe. Geh bitte gleich in dein Zimmer und ruh dich richtig aus. Es ist für alles gesorgt: Die Schwester ist schon da. Und morgen früh kommt der Krankenwagen. Du kannst mir glauben, es ist für alles gesorgt.«
Ihr Blick ruhte auf mir, als wolle sie meine Gedanken hinter diesen Worten lesen. »Sonst hat sie wirklich nichts gesagt?« wiederholte sie.
»Ich schwöre dir – nichts.«
Sie stand auf und ging gehorsam in ihr Zimmer.
Mrs. Ingrams Folgsamkeit während der ersten schweren Tage war hauptsächlich auf ihre Hilflosigkeit zurückzuführen. Bei ihrem tristen Dasein hatte sie nur wenig praktische Erfahrung in Alltagsdingen sammeln können, und deshalb überraschte es mich nicht, daß sie in einem fremden Land und unter unbekannten Gesichtern bei mir Beistand suchte. Der Schock der Ereignisse, und weiß der Himmel, welche geheime Furcht dahinter, hatten das arme

Geschöpf zermürbt, und wegen der traurigen Details, um die sich jemand kümmern mußte, war meine Nähe zur Notwendigkeit geworden. Doch was unsere persönliche Beziehung betraf, wußte ich, daß früher oder später eine emotionale Reaktion eintreten würde.
Im Augenblick jedoch standen andere Sorgen im Vordergrund. Mrs. Ingram suchte bei mir Hilfe wie bei einem alten Freund, und ich hütete mich, irgendwelche Erwartungen an sie zu stellen. Sie hielt sich in dem Pflegeheim in Mailand auf, in das ihre Gefährtin eingeliefert worden war und wo ich sie zwei- oder dreimal am Tage besuchte. Zum Glück für die kranke Frau war das Ende nahe; sie kam nicht wieder zu Bewußtsein, und noch vor Ablauf des Monats war sie tot. Sie starb ohne Schmerzen, und Mrs. Ingram blieb der Anblick längeren Leidens erspart. Doch der Schock der Trennung war unvermeidlich. Und mir wurde das ganze Ausmaß ihrer Isolation bewußt, denn obwohl sie Cassie Wilpert nicht geliebt hatte, war sie nach dem Tod dieser Frau praktisch mutterseelenallein.
Nach dem Begräbnis fuhr ich sie in das Hotel, in dem sie Zimmer reserviert hatte. Sie bat für den nächsten Nachmittag um meinen Besuch.
Nach Cassie Wilperts Anfall und vor Eintreffen der Ärzte hatte ich Mrs. Ingram in Orta die Handtasche anvertraut und ihr gesagt: »Schließ sie lieber ein. Wenn sich ihr Zustand verschlechtern sollte, fragt die Polizei vielleicht danach.«
Sie wurde aschfahl. »Die Polizei –?«
»Ach, in allen südlichen Ländern gibt es diese endlosen Formalitäten. Ich rate dir, die Tasche selbst zu untersuchen, ob sie etwas enthält, das sie unterschlagen wollte. Und wenn, vernichte es lieber.«
Damals dachte sie wohl, ich spielte auf irgendein

Schriftstück an. Aber sie nahm die Handtasche schweigend an sich. Und als ich ihrem Wunsch zufolge in das Hotel kam, überlegte ich mir, ob sie noch auf diese Sache zurückkommen würde, sie in der Zwischenzeit vergessen oder beschlossen hätte, nichts zu sagen. Zweifellos enthielt die Tasche etwas, das Miß Wilpert mir unbedingt zeigen wollte. Aber vielleicht war es nur ein Zeitungsbericht über Kate Spains Prozeß. In ihrer Verwirrung hätte die unselige Kreatur womöglich einem Dokument Gewicht beigemessen, das in Wirklichkeit bedeutungslos war. Dies hoffte ich jedenfalls; denn ich hatte nur den einen Wunsch, Cassie Wilpert und die Bedeutung ihrer Verbindung mit Mrs. Ingram aus meinem Gedächtnis zu verbannen.

Im Hotel bat man mich in Mrs. Ingrams Salon hinauf. Sie ließ mich eine Zeitlang warten, und als sie erschien, sah sie in ihrem schwarzen Kleid dermaßen zerbrechlich und angegriffen aus, daß ich sie kurz vor einem Zusammenbruch wähnte.

»Du siehst zu müde aus, um heute Besuch zu empfangen. Du solltest sofort zu Bett gehen und mich einen Arzt holen lassen«, sagte ich.

»Nein... nein.« Sie schüttelte den Kopf und bedeutete mir, Platz zu nehmen. »Es ist nur... Alles ist so sonderbar. Ich bin das Alleinsein nicht gewohnt. Ich sollte lieber morgen abreisen«, begann sie erregt.

»Das denke ich auch, meine Liebe. Wenn du möchtest, bereite ich alles vor. Du brauchst mir nur zu sagen, wohin du fahren willst. Ich kann dorthin nachkommen und mich sobald wie möglich um unsere Heirat kümmern. In Frankreich geht so etwas recht schnell.«

»In Frankreich?« wiederholte sie geistesabwesend und mit einem leisen Lächeln.

»Oder wo du sonst willst. Wir könnten nach Rom reisen.«
Sie lächelte weiter – ein gezwungenes, trauriges Lächeln, das mich allmählich erschreckte. Dann redete sie. »Ich werde nie vergessen, was du mir bedeutet hast. Aber jetzt müssen wir Abschied nehmen. Ich kann dich nicht heiraten. Cassie hatte recht – sie wollte mir nur die Peinlichkeit ersparen, es dir selbst zu sagen.«
Ich blickte sie fest an. »Wenn du mich nicht heiraten kannst«, fragte ich, »heißt das, du bist bereits verheiratet und kommst nicht frei?«
Sie schien überrascht. »O nein. Ich bin nicht verheiratet – ich bin es nie gewesen.«
»Dann, meine Liebe ...«
Sie erhob eine Hand, damit ich schwieg; mit der anderen öffnete sie ihr schwarzes Handtäschchen und zog einen verschlossenen Umschlag heraus. »Hier ist der Grund. Das wollte sie dir zeigen –«
Ich unterbrach sie sofort: »Ich will nicht sehen, was sie mir zeigen wollte. Ihr habe ich es neulich schon gesagt, und dir sage ich es jetzt. Was der Umschlag auch enthalten mag, ich weigere mich, auch nur einen Blick darauf zu werfen.«
Mrs. Ingram sah mich erschrocken an. »Nein, nein. Du mußt das lesen. Zwing mich nicht, daß ich dir erzähle ... Das wäre noch schlimmer ...«
Ich sprang auf und schaute hinab in ihr gequältes Gesicht. Auch ohne sie zu lieben, hätte sie mir in diesem Moment über jegliches Mitgefühl hinaus leid getan.
»Kate«, sagte ich, während ich mich über sie beugte und meine Hand auf ihre eiskalten Finger legte. »Als ich um dich anhielt, habe ich all diese Fragen begraben, und ich möchte sie weder heute noch künftig wieder ans Tages-

licht holen. Vorbei ist vorbei. Die Vergangenheit liegt hinter uns, und morgen will ich dich heiraten, damit unsere Zukunft beginnen kann.«

Sie lachte wieder – seltsam, wie ich fand – und brach plötzlich in Tränen aus. Dann schlang sie ihre Arme um meinen Hals und drückte sich an mich. »Sag mir jetzt auf Wiedersehen«, flüsterte sie, »sag auf Wiedersehen zu Kate Spain.«

»Ja, auf Wiedersehen zu Kate Spain, aber nicht zu Kate Severance.«

»Es wird keine Kate Severance geben, niemals. Ach, begreif doch – kannst du mich nicht verschonen? Cassie hatte recht; sie wollte ihre Pflicht tun, als sie sah, daß ich nicht imstande ...«

Sie begann fürchterlich zu schluchzen, und ich drückte meine Lippen auf ihren Mund, damit sie verstummte. Eine Weile hielt ich sie so, und als sie sich mir entwand, wußte ich, die Schlacht war so gut wie gewonnen. Aber sie streckte ihre Hand zu dem Umschlag aus. »Du mußt das lesen –«

Ich schüttelte den Kopf. »Ich will das nicht lesen. Aber ich nehme den Umschlag gerne an mich und verwahre ihn. Wärst du damit zufrieden, Kate Severance?« fragte ich. Denn mir fiel plötzlich ein, wenn ich den Umschlag vor ihren Augen zerriß, zwänge ich sie in ihrer gegenwärtigen Verfassung nur zu der grausameren Alternative, mir den Inhalt zu erzählen.

Ich sah sofort, daß mein Angebot sie beruhigte. »Du nimmst ihn mit? Du liest ihn heute abend? Versprich es mir!«

»Nein, meine Liebe. Ich verspreche nur, daß ich ihn mitnehme und nicht zerreißen werde.«

Sie schöpfte schluchzend tief Luft und drückte sich wieder an mich und murmelte: »Es ist, als hättest du ihn schon gelesen, nicht wahr?«

»Als hätte er nie existiert – und er wird nie für mich existieren.« Ich hielt sie im Arm und küßte sie erneut. Und als ich von ihr fortging, trug ich den versiegelten Umschlag bei mir.

9

All das ist sieben Jahre her; und vor mir liegt der Umschlag, noch immer versiegelt. Warum hätte ich ihn öffnen sollen?

Als ich ihn an jenem Abend damals in Mailand mit nach Hause nahm, ihn aus der Tasche zog und zu meinen übrigen Papieren steckte, war er für mich so durchsichtig wie Glas. Ich mußte ihn nicht öffnen. Er gab mir ein Bild von der Frau, die ihn mir entschlossen in die Hand gedrückt hatte. Und in dem Moment hatte ich begriffen, daß mit Cassie Wilperts Tod die einzige Gefahr, die sie fürchten mußte, beseitigt war und Mrs. Ingram – sie wußte ja, sie war endlich erlöst, endlich in Sicherheit – ihr Schicksal freiwillig meiner Obhut übergab.

»Niemand hat größere Liebe... gewiß keine andere Frau«, dachte ich. Cassie Wilpert ganz allein kannte das Geheimnis von Kate Spain – das Geheimnis, welches sie zweifellos vor aller Augen zerstört hätte, wie sie auch in meinen Augen vernichtet werden wollte. Und nachdem das Geheimnis mit Cassie Wilpert zusammen bereits sicher begraben war, hatte Kate Spain es absichtlich wieder hervorgeholt und in meine Hände gelegt.

Es dauerte eine Weile, bis sie begriff, was ich mit dem Umschlag zu tun gedachte. Sie hatte sich zunächst nicht träumen lassen, daß er mir einen vollständigen Einblick in ihren Charakter gewährte; und mehr wollte ich nicht von ihm. Wochen geduldigen Wartens, guten Zuredens und unbeirrten Nachdrucks waren vonnöten, um sie zu überzeugen, daß ich sie nicht nach ihrer Vergangenheit beurteilen wollte, wie sie auch gewesen sein mochte, sondern nur nach dem, was sie mir unbewußt von sich selbst offenbarte, nachdem ich sie kennengelernt und mich in sie verliebt hatte.

»Du kannst mich nicht heiraten – du weißt, warum du mich nicht heiraten kannst«, hatte sie unaufhörlich wiederholt. Bis ich mich eines Tages an sie wandte und barsch erklärte: »Komme, was da wolle: über dieses Thema sprechen wir jetzt zum letztenmal. Ich werde es nicht mehr erwähnen oder zulassen, daß du es erwähnst. Aber eines schwöre ich dir: wenn du weißt, wie dein Vater ums Leben gekommen ist, und Stillschweigen gewahrt hast, um irgend jemanden zu decken – egal wen...«, und während ich dies sagte, blickte ich ihr tief in die Augen, »und wenn du deshalb glaubst, mich nicht heiraten zu dürfen, dann sage ich dir jetzt, daß es mich nicht belastet und mich nie belasten wird.«

Sie erwiderte meinen Blick, lang und tief. Dann beugte sie sich vor und küßte meine Hände. Das war alles.

Mit meinen Worten hatte ich allerhand gewagt, und ich wußte, welches Risiko ich einging. Die Gegenwart war kein Problem; woher aber sollte ich wissen, was uns die Zukunft, die seltsam unberechenbare Zukunft bringen würde? Davor fürchtete sie sich – nicht ihretwegen, sondern meinetwegen. Aber ich war zu diesem Risiko bereit, und ein paar Wochen nach unserem letzten

Gespräch über das Thema (ich bestand darauf, daß es das letzte Mal war) erreichte ich mein Ziel, und wir heirateten.

Wir heirateten. Fünf Jahre lang lebten wir unseren seltsam gefährdeten Traum vom Glück, des neuen, nicht zerrinnenden Glücks, das dann und wann den meisten armen Seelen eine Nase dreht – aber nicht oft, und niemals lange.
Nach fünf Jahren starb meine Frau. Und seitdem lebe ich mit den Erinnerungen aus soviel Licht und Dunkel, daß ich manchmal von den Freuden der Vergangenheit geblendet, dann wiederum betäubt von den Sorgen der Gegenwart bin. Ich weiß noch nicht, was letztlich die Oberhand gewinnen wird, und in meiner Ungewißheit bringe ich alte Angelegenheiten in Ordnung. Und auf meinem Schreibtisch dort liegt der Umschlag, den ich nie geöffnet habe, und neben ihm steht die Kerze, über der ich ihn jetzt verbrennen werde.

Die Erzählung geht ursprünglich auf Edith Whartons Theaterstück *Kate Spain* zurück. Das Stück, zu dem die Autorin nur wenig mehr als einen Akt schrieb, basiert auf dem Fall der Lizzie Borden, die Legende und Dichtung zufolge ihre Eltern mit der Axt erschlug.

Die Briefe

1

Vom Bahnhof in St. Cloud stieg Lizzie West im kalten Licht des Frühlings bergan. Gegen die Steigung gebeugt, bemerkte sie auf den Einfassungen der Vorgärten erste Ranken der Glyzinien und Spitzen neuer Blattpflanzen an den Mauern efeubedeckter Höfe. Und wie schon hundertmal zuvor mußte sie wieder daran denken, daß sie noch nie solch ein herrliches Frühjahr erlebt hatte.

Sie ging zu den Deerings, in eine Straße oben am Hügel, und jeder Schritt war ihr lieb und wohlvertraut. Fünfmal die Woche ging sie dorthin, um die kleine Juliet zu unterrichten, die Tochter von Mr. Vincent Deering, dem geschätzten amerikanischen Maler. Juliet war seit zwei Jahren ihre Schülerin, und Lizzie West hatte den Hügel Tag für Tag bei jeder Witterung erklommen – mal unter einem in den Regen gestreckten Schirm, mal mit einem vor der glühenden Sonne aufgespannten fragilen Stoffparasol, dann wieder in schneenassen Schuhen oder im bitterkalten Wind, der ihr durch die dünne Jacke pfiff, und schließlich im Staub, der um sie herum wirbelte und an dem armseligen kleinen Hut, der ihr noch bis zum nächsten Sommer ›reichen‹ mußte, die Blumen ausbleichte.

Anfangs hatte sie die Kletterei für reichlich langweilig gehalten, und lustlos trottete sie auch zu ihren anderen Stunden. Lizzie war nicht geschaffen zur Lehrerin, die

Hingabe für ihren Beruf war ihr nicht angeboren; und wenn sie bei ihren Schülerinnen auch freundlich und pflichtbewußt war, flog sie doch nicht beschwingten Fußes zu ihnen. Doch eines Tages war etwas geschehen, das ihrem Leben einen neuen Anstrich gab, und seitdem erschien ihr der Aufstieg zum Haus der Deerings wie ein Traumflug eine himmlische Treppe hinauf.

Beim Gedanken daran schlug ihr Herz schneller – nicht mehr in einem Wirrwarr aus Furcht und Selbstanklage, sondern leicht und zufrieden, als hocke sie auf einem Besitz, den ihr niemand nehmen könne.

Eines Tages im vergangenen Oktober hatte sie nach der Stunde um ein Gespräch mit Juliets Papa gebeten. Man mußte sich an Mr. Deering halten, wenn etwas zum Unterricht zu sagen war. Mrs. Deering lag oben im Haus auf dem Sofa und verschlang stapelweise zerlesene Romane, deren Auswahl sie der Köchin oder dem Kindermädchen überließ, die sie aus dem *cabinet de lecture* holen mußten; und im Haus herrschte das stille Einvernehmen, Mrs. Deering wegen Juliet nicht zu »behelligen«. Auch Mr. Deering kümmerte sich eher sporadisch als regelmäßig um seine Tochter, aber er war zumindest ansprechbar und hörte teilnahmsvoll, wenn auch ein wenig geistesabwesend zu. Und während Lizzie ihr Problem oder die Bitte um Landkarten und Schreibhefte vorbrachte, strich er sich den langen, blonden Schnurrbart.

»Ja, ja, natürlich – was immer Sie für richtig halten«, stimmte er meistens zu, wobei er manchmal fünf Franc aus seiner Tasche zog und das Geldstück gedankenlos auf den Tisch legte, oder – was noch häufiger geschah – mit seinem charmanten Lächeln sagte: »Kaufen Sie, was Sie für richtig halten. Sie können es auf Ihre Rechnung setzen.«

Doch diesmal war Lizzie nicht mit der Bitte um Karten oder Hefte gekommen, oder um puterrot vor Verlegenheit anzudeuten – das hatte die Ärmste bereits einmal getan –, Mr. Deering habe ihre letzte bescheidene Rechnung übersehen, habe wohl nicht bemerkt, daß sie vor etwa zwei Monaten auf eine Ecke seines übersäten Schreibtischs gelegt worden sei. Schon das war schlimm genug gewesen, obwohl er sich bemüht hatte, es charmant und gutgelaunt zu überspielen, nur war der Anlaß jetzt unendlich schlimmer. Denn sie kam mit Klagen über ihre Schülerin und mußte erklären, wie sinnlos es war, der kleinen Juliet weiter Unterricht zu erteilen, so sehr sie diese auch liebte, es sei denn, Mr. Deering unternähme »irgendwas«.
»Es wäre unehrlich – so als würde ich Sie bestehlen; vermutlich habe ich's längst getan«, sagte sie fast lachend über die hochsteigenden Tränen hinweg, als sie ihr Anliegen vortrug. Die kleine Juliet lernte nicht, gehorchte nicht. Das arme, unstete Wesen flatterte ziellos zwischen Küche und *lingerie* hin und her, und die Ranken ihrer Neugier klammerten sich einzig an das Leben der Hintertreppen.
Dies war die gleiche Neugier, die Mrs. Deering oben in ihrem Zimmer, in dem es nach Medikamenten roch, an zerlesene Romane und die Klatschspalten der Morgenzeitungen verschwendete. Aber da Juliet mit ihrem beschränkten Horizont diese hochfliegenderen Dinge noch nicht erfassen konnte, konzentrierte sich ihr Interesse auf die Anekdoten, die Céleste und Suzanne vom Markt und aus der Bücherei mitbrachten. Wie wenig erbaulich diese waren, verriet das unbekümmerte Geplapper des Kindes nur allzuoft, und leider beschäftigten sie ihre Phantasie in einem Maße, daß so etwas Ersprießliches

wie Jahreszahlen und Dynastien und die Quellen der wichtigsten europäischen Flüsse keinen Platz mehr fand.

Schließlich trat das Problem so deutlich zutage, daß die arme Lizzie sich veranlaßt sah, ihr Amt niederzulegen oder Mr. Deerings Einschreiten zu erbitten. Und Juliet zuliebe wählte sie die kompliziertere Alternative. Ein Gespräch mit ihm war wirklich kompliziert – nicht nur, weil man persönliches Versagen nicht gerne eingestand und es widerwärtig fand, solche vulgären Gründe dafür verantwortlich zu machen, sondern weil man rot anlief, wenn man sie einem Geist vortragen sollte, der mit höheren Dingen befaßt war. Mr. Deering hatte im Moment viel zu tun: er hatte ein neues Bild »in Arbeit«. Und Lizzie betrat das Atelier so aufgeregt wie jemand, der ein sakrales Ritual respektlos stört. Als sie sich näherte, meinte sie schon das Rascheln fortflatternder Flügel zu vernehmen.

Und dann ... und dann ... Wie anders war doch alles gekommen! Was es aber vielleicht nicht wäre, wenn sie nicht so eine Gans gewesen wäre – sie, die so selten weinte und sich rühmte, ihren kleinen zwitschernden Käfig voller »Gefühle« stoisch in der Gewalt zu haben. Aber sie hatte geheult, weil er sie so freundlich angeblickt hatte, und ihr dennoch nicht entgehen konnte, wie peinlich und beschämend ihr Bericht für ihn war. Das Peinliche bestand für beide natürlich in dem, was hinter ihren Worten steckte, in dem einen Wort, das sie unerwähnt gelassen hatte. Die kleine Juliet war wegen ihrer Mutter oben im Haus so geworden, der Mutter, die ihrem Kind den Hang zum Liederlichen mitgegeben, ihm die Fürsorge, die ihn vielleicht hätte korrigieren können, aber vorenthalten hatte. Und da sich der Fall offenbar in

einem Teufelskreis drehte, waren Lizzie und Deering, als dieser brummte: »Natürlich, wäre meine Frau nicht krank«, mit einem Satz auf das himmelschreiend »schlechte Beispiel« von Céleste und Suzanne gestürzt und hatten sich gemeinsam so lange daran festgeklammert, bis er rief: »Wie können Sie Juliet dann diesen beiden überlassen?«
»Aber wenn ich ihr doch nicht nütze?« heulte Lizzie. Und als er ihre Hand nahm und ihr sanft versicherte: »Aber Sie tun es ja, Sie tun es!«, erlitt sie, wie man gemeinhin sagt, einen »Zusammenbruch«, und ihr armseliger kleiner Protest ging zuckend in Tränen über.
»Mir jedenfalls nützen Sie – mit Ihnen ist das Haus nicht mehr so öde«, hörte sie ihn sagen. Und im nächsten Moment fühlte sie sich zu ihm hingezogen, und während sie weinte, küßten sie sich.
Sie küßten sich; das war das Neue daran. – Einer armen kleinen Lehrerin, die in Madame Clopins Schweizer Pension in Passy wohnt und hübsches, dunkelblondes Haar hat und Augen, die vertrauensvoll in andere Augen zu blicken suchen, bleibt es ja in dieser alltäglichen, aber wehrlosen Situation mit fünfundzwanzig Jahren gar nicht erspart, dann und wann geküßt zu werden: einmal aufgelauert von einem lauten Studenten zwischen Tür und Angel, ein andermal von ihrem graubärtigen Professor überrascht, während sie sich über die »Arbeit« beugt, die er gerade korrigiert. Und wenn diese Episoden auch die Oberfläche berühren, treffen sie doch nicht das Herz. Nicht der erduldete Kuß lebt, sondern der erwiderte. Und Lizzie Wests erster Kuß galt Vincent Deering.
Als sie sich ihm entwand, erwachte etwas Neues in ihr – etwas Eindringlicheres als Furcht und Scham oder der reumütige Gedanke an Mrs. Deering. Ein schlafender Le-

benskeim regte und entfaltete sich und streckte sich der Sonne entgegen.
Womöglich hätte sie etwas anderes verspürt – Scham und Reue hätten überwogen –, hätte sie ihn nicht als liebenswert und zärtlich gekannt und für so verwirrt, armselig und enttäuscht gehalten. Sie wußte, seine Ehe war gescheitert, und für seine künstlerische Karriere sah sie einen ähnlichen Mißerfolg voraus. Lizzie hatte selbst zaghaft nach den gleichen Lorbeeren gegriffen und beurteilte mit ihrer im Keim erstickten Kunst seine Bilder, die sie für beachtlich hielt, denen öffentliche Anerkennung aber wahrscheinlich vorenthalten blieb. Ihr war bekannt, daß er früher einen Moment des Erfolgs kennengelernt hatte: eine Erwähnung, eine Medaille, etwas Offizielles und Konkretes. Dann war die Woge des Erfolgs umgeschlagen und hatte ihn in vornehmer Isolation zurückgelassen. Unglaublich, daß jemand, der von Natur aus so bedeutend und außergewöhnlich war, denselben Alltagszwängen unterworfen sein sollte, die ihr eigenes Leben beherrschten, und Armut, Namenlosigkeit und Gleichgültigkeit kennen sollte. Vermutlich war es aber doch so, und sie spürte, wie dadurch eine wunderbare Verbindung zwischen ihnen entstand. Denn durch welch weniger entlarvendes Medium als das des gemeinsamen Unglücks wäre ihm solch ein unscheinbares Ding wie sie aufgefallen? Und sie erinnerte sich, wie sanft sein Blick gleich zu Beginn auf ihr geruht hatte – diese grauen Augen, die man für spöttisch hätte halten können, wären sie nicht so sanft gewesen.
Sie erinnerte sich, wie freundlich er sie am ersten Tag begrüßt hatte, als Mrs. Deering die neue Lehrerin wegen der unvermeidlichen Migräne nicht empfangen konnte. Unmerklich hatte er Lizzie dazu gebracht, von sich

selbst zu erzählen, und die Fragen hatten sofort sein Interesse an der kleinen, auf sich allein gestellten Landsmännin verraten, die dazu verurteilt war, weit entfernt vom heimatlichen Gestade eine unsichere Existenz zu führen. So süß dieser Moment der Unbefangenheit auch gewesen war, fragte sie sich hinterher, wie es dazu hatte kommen können, daß ihr, scheu und verschlossen wie sie war, die ganze armselige Geschichte entschlüpft war, sogar bis zum Bekenntnis der fruchtlosen »künstlerischen« Neigungen, die sie nach Paris gelockt und dann zum öden Unterrichten geführt hatten. Zuerst staunte sie nur, doch dann begriff sie; nachdem er sie geküßt hatte, begriff sie alles: Es lag einfach daran, daß er ebenso liebenswürdig wie großartig war.
Daran dachte sie nun zurück, als sie im Frühlingssonnenschein den Hügel hinaufstieg, und an alles, was seitdem geschehen war. Während Lizzie auf die vergangenen Monate zurückblickte, verschmolzen diese zu einem prächtigen goldenen Nebel, aus dem sich hier und da die Konturen leuchtender Inseln erhoben. Der Nebel war das einhüllende Liebesgefühl und die leuchtenden Inseln die Tage, die sie zusammen verbracht hatten. Unter seinem Dach hatten sie einander nie wieder geküßt. Lizzies berufliche Ehre war sehr genau umrissen, doch hatte er ihr erspart, ihn dies fühlen zu lassen. Es war von entscheidender Bedeutung für ihr Schicksal, daß er sogleich »verstand«, wie gefährdet sein Einfluß auf sie war, wenn er ihr gegenüber Zurückhaltung vermissen ließ.
Aber donnerstags und sonntags hatte sie frei, und bald wurde es zur Gewohnheit, daß sie ihm diese Tage schenkte. Sie hatte sich aus Neigung allerhand Kenntnisse über Malerei angeeignet, und Galerien und Kirchen waren der einzige Ausgleich für das Armselige ihrer

eigenen Existenz gewesen. Auch der Poesie und anderen Formen der schönen Literatur brachte sie mehr entgegen, als sie bisher hatte zeigen können. Und jetzt streckten all diese verborgenen Neigungen ihre Ranken ans Licht. Mr. Deering wußte ihren Gedanken, die ihr im Kopf vibrierten, mit unübertrefflicher Klarheit Ausdruck zu verleihen: ein Gespräch mit ihm war, als steige man auf den mächtigen Schwingen seiner Intelligenz hinauf ins Azur und blicke benommen, aber doch klar auf alle Wunder und Schönheiten der Welt. Manchmal war sie ein wenig beschämt, wenn sie bemerkte, wie wenig konkrete Eindrücke sie von diesen Höhenflügen mitnahm, was zweifellos daran lag, daß ihr Herz in seiner Nähe so schnell schlug und sein Lächeln seine Worte in einen pulsierenden Lichtstrahl verwandelte. Später, in stilleren Stunden, tauchten Bruchteile ihres Gesprächs mit erstaunlicher Präzision in ihrer Erinnerung auf, jede Silbe so fein ziseliert wie einer jener zierlichen Gegenstände aus Kristall oder Elfenbein, die er ihr in den Museen zeigte, die sie besuchten. Lizzie fand es immer rätselhaft, daß manche ihrer Stunden so undeutlich, andere wiederum so lebhaft waren.

All diese Erinnerungen durchlebte sie mit ungewöhnlicher Genauigkeit, denn sie hatte ihren Freund zum letztenmal vor vierzehn Tagen gesehen. Vor sechs Wochen etwa war Mrs. Deering auf Besuch zu Verwandten nach St. Raphaël gefahren, und nachdem sie einen Monat fort gewesen war, waren ihr Mann und das kleine Mädchen nachgereist. Lizzie hatte an einem regnerischen Nachmittag in den feuchten Gängen des Aquariums am Trocadéro Abschied von Deering genommen. Bei sich in der Pension konnte sie ihn nicht empfangen. Denn daß eine Lehrerin vom Vater einer Schülerin Besuch erhielt, besonders wenn der Vater – Madame Clopin zufolge – noch immer *si bien* war, widersprach dem strengen Schweizer Codex dieser Dame. Und vor Deerings erster zaghafter Andeutung einer anderen Möglichkeit war Lizzie mit einem wilden Ausbruch all ihrer Skrupel geflohen. Ihr »Nein, nein, nein!« nahm er genauso wie ihre scheue Zurückhaltung und ihre Bedenken hin, mit einem zärtlichen und einem spöttischen Auge, einer unverzüglichen Ergebenheit, was die schönste Hommage an die »Lady« war, die er in ihr anbetete und verehrte, wie sie fühlte.

Sie trafen sich deshalb weiterhin in Museen und Galerien oder durchstreiften an schönen Tagen die Vorstädte, wo sich in der Abgeschiedenheit eines Wäldchens oder Parks dann und wann der Kuß wiederholte – immer nur ein einziger, flüchtig, oder verlängert unter einem zaghaften Händedruck. Aber am Tag seiner Abreise mußten sie Schutz vor dem Regen suchen, und als sie den unterirdischen Windungen des Aquariums nachgingen und Lizzie, ohne etwas wahrzunehmen, in die grotesken Masken der Fische blickte, die sie durch die gläsernen Wände anglotzten, fühlte sie sich wie ein gesunkenes Wrack auf dem Meeresgrund, über das die sonnenbeschienenen Erinnerungen wie die Brandung an der Oberfläche hinwegrollten.

»Du wirst ihn nie wiedersehen – nie wieder«, dröhnte die Brandung über seine letzten Worte hinweg in ihren Ohren. Und als sie ihm an einer Ecke Lebewohl gesagt hatte und durchnäßt und frierend in den Omnibus nach Passy geklettert war, übernahmen dessen quietschende Räder die spöttische Last – »nie wiedersehen, nie wiedersehen«.

Das alles war nur zwei Wochen her, und hier stieg sie

beschwingt im frischen Frühlingssonnenschein den Hügel hinauf zu seiner Tür. Ein solch banges Herz verdiente diese strahlende Fügung nicht, und Lizzie schwor, ihrem guten Stern nie wieder zu mißtrauen.

2

Die Glocke mit dem Sprung klirrte süß in ihrem Herzen, als sie an der Tür auf Juliets Schritte lauschte. Meistens öffnete Juliet, die der langsamen Suzanne zuvorkam, ihrer Lehrerin die Tür, nicht jedoch, um eifrig zum Unterricht zu drängen, sondern von dem unbezähmbaren Verlangen getrieben, das Leben auf der Straße auszuspionieren. Doch gewiß hielt irgendein ungewöhnlich faszinierendes Ereignis das Kind unten im Haus fest; und weil Lizzie vergeblich auf Schritte wartete, mußte sie die Glocke noch einmal ziehen. Auch auf das dritte Läuten folgte keine Antwort, und von dunklen Befürchtungen erfüllt, trat Lizzie zurück und schaute zum Haus empor. Sie sah die Läden des Ateliers weit offenstehen, und ohne Überraschung bemerkte sie, daß Mrs. Deerings Fenster noch geschlossen waren. Zweifellos ruhte sie sich von den Strapazen der Reise aus. Lizzies Augen wanderten unwillkürlich zum Fenster des Ateliers zurück, an das Deering jetzt trat. Er erblickte sie und war im Nu an der Tür. Er sah blasser aus als gewöhnlich, und sie bemerkte an ihm ein schwarzes Jackett.

»Ich habe geläutet und geläutet... Wo ist Juliet?« fragte sie.

Er blickte sie ernst an. Schweigend führte er sie den Flur entlang zum Atelier, und nachdem sie hineingegangen war, schloß er die Tür.

»Meine Frau ist tot – sie ist vor zehn Tagen plötzlich gestorben. Hast du die Zeitung nicht gelesen?« sagte er.
Mit einem Schrei sank Lizzie auf den wackligen Diwan, der gegen die Wand geschoben war. Sie sah nur selten eine Zeitung, weil sie ihr als Privatlektüre zu teuer war, und die Blätter, die in der Pension Clopin auslagen, befanden sich meist in den Händen privilegierterer Gäste weit über die Stunde hinaus, in der sie zu ihrer morgendlichen Runde aufbrach.
»Nein, ich habe nichts gelesen«, stammelte sie.
Deering schwieg. Er stand da und drehte eine noch nicht angezündete Zigarette zwischen den Fingern in der Hand, und mit einem ebenso verwirrten wie zögernden Blick sah er zu ihr hinab.
Sie spürte ebenfalls das Angespannte der Situation, die Unmöglichkeit, Worte zu finden, die nach allem, was sich zwischen ihnen zugetragen hatte, weder falsch noch lieblos klingen durften. Und als sie aufstand, rief sie schließlich: »Arme Juliet! Kann ich zu ihr?«
»Juliet ist nicht hier. Ich habe sie bei den Verwandten in St. Raphaël gelassen, die meine Frau besucht hat.«
»Ach so«, murmelte Lizzie, da ihr schwante, daß die Situation dadurch noch komplizierter würde. Und wie anders hatte sie sich ihr Wiedersehen vorgestellt!
»Es tut mir so ... so leid für sie!« stammelte sie.
Deering antwortete nicht, sondern drehte sich auf dem Absatz um, durchmaß das ganze Atelier und blieb vor dem Bild auf der Staffelei stehen. Es war die Landschaft, die er im vergangenen Herbst begonnen hatte, um sie im Frühjahr im Salon einzureichen. Aber sie war längst nicht fertig, ja, schien kaum weiter zu sein als an jenem schicksalhaften Oktobertag, als Lizzie, während sie zum erstenmal vor dem Bild stand, ihr Unvermögen eingeste-

hen mußte, mit Juliet weiterzukommen. Vielleicht war seinem Schöpfer dasselbe durch den Kopf gegangen, denn er brach in ein sprödes Lachen aus und kehrte der Staffelei achselzuckend den Rücken.

Während er beharrlich schwieg, kam Lizzie zu dem Schluß, wenn ihre Schülerin fort sei, bestehe für sie kein Grund, sich noch länger hier aufzuhalten. Und als Deering auf sie zuging, sagte sie gedrückt: »Ich gehe dann. Benachrichtigen Sie mich, wenn sie wiederkommt?«

Deering zögerte noch immer und malträtierte die Zigarette zwischen seinen Fingern.

»Sie kommt nicht zurück – jetzt noch nicht.«

Lizzie vernahm es mit stockendem Herzen. Sollte sich in ihrer beider Leben alles ändern? Natürlich; wie konnte sie sich nur etwas anderes erträumen? Und treuherzig wiederholte sie nur: »Kommt nicht zurück? Nicht dieses Frühjahr?«

»Wahrscheinlich nicht. Unsere Freunde sind so gut und behalten sie erst einmal bei sich. Ich muß nämlich nach Amerika. Meine Frau hat etwas Besitz hinterlassen, ein paar Pfennige, um die ich mich kümmern muß – für das Kind.«

Lizzie stand ihm gegenüber, eine kalte Klinge in der Brust. »Ja, ich verstehe ... verstehe«, wiederholte sie und fühlte zugleich, wie ihre Augen äußerste Finsternis zu durchdringen suchten.

»Zu dumm, daß ich meine Zelte abbrechen muß«, fuhr er fort, wobei er sich verdrießlich im Atelier umsah.

Ihre Augen sahen ihm ins Gesicht. Sie faßte sich ein Herz und fragte: »Bleibst du lange fort?«

»Wie könnte ich das wissen? Alles geht drunter und drüber.« Ihre Blicke trafen sich für einen unglaublich langen,

seltsamen Moment. »Ich will nicht fort!« murmelte er plötzlich.
Lizzie spürte das Naß in ihre Wimpern schießen, und die vertraute Woge der Bangigkeit legte sich um ihr Herz. Mit einer unwillkürlichen Geste führte sie ihre Hand zum Gesicht, und währenddessen streckte er seine Arme aus.
»Komm zu mir, Lizzie!«
Und sie ging – ging mit dem süßen, wilden Pochen der Erleichterung und dem Gefühl, daß jedenfalls das Haus ihm gehörte, daß sie ihm gehörte, wenn er wollte, und diese schweigsame Gegenwart in dem Zimmer oben im Haus ihr Entzücken nie wieder zügeln und beschämen würde.
Er schob ihren Schleier zurück und bedeckte ihr Gesicht mit Küssen. »Nicht weinen, Gänschen!« sagte er.

3

Daß sie einander vor seiner Abreise sehen mußten, an einem weniger verräterischen Ort als ihren üblichen Treffpunkten, war für Lizzie ebenso klar wie für Deering. Die Art und Weise, mit der er diesen Wunsch vorbrachte, schien die Erhabenheit seines Gefühls aufs süßeste zu bezeugen, wie ja auch von einem Menschen seines Schlages in den ersten Wochen pflichtschuldigster Witwerschaft erwartet wird, daß er sich leichtfertiger Abenteuer enthält. Wenn er also unbedingt still und ernst bei ihr sein wollte, dann nur aus Gründen, die sie nicht beim Namen nannte, deren heiliges Beben sie aber in ihrem Herzen spürte. Und es wäre ihr eitel und vulgär erschienen, hätte sie in diesem Moment die üblichen Einwände vorgebracht, mit denen solch kleine

entlarvte Existenzen den Schatz ihrer Frische verteidigen.
So gestimmt kann man am Pont de la Concorde mit einem Gefühl beinahe feierlicher Hingabe dem Omnibus aus Passy entsteigen (sie wollte sich nicht im Taxi abholen lassen) und seinem Schicksal in Gestalt eines Herrn von schwermütiger Eleganz, der über eine Droschke verfügt, entgegengehen, wie man in einem Brauttraum, den man als junges Mädchen hatte, zu den Altarstufen schritt.
Sogar der gewandte Kellner, der sie in ein Séparée im Obergeschoß des ruhigen Restaurants an der Seine geleitete, hätte kaum ahnen können, daß ihr Wunsch nach Intimität auf einem wohlbekannten Motiv beruhte, so nüchtern gab Deering die Bestellung auf, während seine Begleiterin klein und ernst neben ihm saß. Sie wollte die gemeinsame Stunde ja nicht mit ihrem Kummer verdüstern: sie begriff bereits, daß Deering Traurigkeit aus dem Wege ging. Er sollte merken, daß sie der kommenden Trennung mit Mut und Gelassenheit entgegensah und sich einstweilen dieser innigen Nähe überließ. Aber wie immer wartete sie, daß er die Initiative ergriffe.
Wenn sie später zurückblickte, war sie über die Süße der Stunde überrascht. Ihr Herz war unvertraut mit dem Glück, doch Deering hatte den richtigen Ton gefunden, um ihre Ängste zu beschwichtigen, so daß sie ihr Schicksal für ein einmaliges Wunder hielt. Und das eindrucksvollste war, wie er ihr das Gefühl von etwas Stillem und Einvernehmlichem gab, das zwischen ihnen bestand, als ob seine Zärtlichkeit eine teure Gewohnheit des Herzens sei, die kaum noch eines äußerlichen Beweises bedurfte.
Der von ihm dargebrachte Beweis war deshalb eine Art

krönender Überfluß, das Erblühen einer tief verwurzelten Empfindung. Und auch hier hätten instinktiver Vorbehalt und Widerstand das in den Schmutz gezogen, was sein Vertrauen adelte. Doch wenn auch alle zarte Spitzfindigkeit ihres Herzens für ihn sprach, zog er doch keinen großen Vorteil daraus. Als sie nach dem Essen beisammensaßen und die Lichter vom Fluß durch ihr Fenster flirrten und der Tumult von Paris sie in einem Herz aus Schweigen umschloß, stand er offenbar ebenso wie sie unter einem heiligen Bann. Sie spürte dies am deutlichsten, als sie sich seinem Arm überließ, den er um sie gelegt hatte, während er ihre Lippen und Augen lange liebkoste: weder ein Wort noch eine Geste entbehrte des stillen Einvernehmens oder zog den Pakt, den sie mit ihrem letzten Blick besiegelten, im nachhinein in Zweifel.

Der Pakt, wie sie ihn sich in einer der schlaflosen Nächte danach wieder vor Augen führte, hatte auf Deerings Seite hauptsächlich in der Bitte um häufige, umfassende Mitteilungen von ihr bestanden, auf ihrer Seite in dem Versprechen, sie ihm so oft zukommen zu lassen, wie er in seinen Briefen darum bat. Sie wollte keinen zu großen Eifer, kein zu starkes Verlangen demonstrieren, die ihre Bindung an ihn verrieten. In gewissem Maße hatte ihr Leben sie mit der Kunst, sich selbst zu schützen, vertraut gemacht: Von einem Mädchen in ihrer Lage erwartete man, daß sie alle diese Möglichkeiten kannte und den Umständen entsprechend nutzte. Aber daß Lizzie ihrer so sehr bedurfte, hatte ihre Verachtung für diese Mechanismen nur verstärkt. Gerade weil sie arm war, materiell gesehen, und das Kleingeld stets zählen und ihren Spielraum berechnen mußte, kannte sie die Freude an emotionalem Reichtum und gab sie ihr Herz so unbesonnen hin wie die Reichen ihre Millionen. Sie wußte jetzt genau, daß Deering sie liebte; und hätte er seinen Abschied für ein ausdrückliches Zeichen seiner Gefühle genutzt, hätte er sie – eindeutiger noch – gebeten, seine Frau zu werden, wäre dies ein geringerer Beweis seiner Ernsthaftigkeit gewesen, so als ob er bei ihr das Bedürfnis nach einer solchen Garantie erahnt hätte. Seine Beherrschung bewies, daß er ihr ebenso vertraute wie sie ihm und beide sich in dieser absoluten Sicherheit des Verstehens vollkommen einig waren.

Dies alles hatte er aus ihrem zaghaften Versprechen, ihm zu schreiben, entnehmen sollen. Sie würde schreiben, natürlich würde sie das. Aber er hätte zu tun, wäre beschäftigt, immer unterwegs: Er müsse sie wissen lassen, wann er eine Zeile von ihr erwartete, damit ihr die Peinlichkeit erspart bliebe, sich im falschen Moment aufzudrängen.

»Aufdrängen?« Er lächelte kopfschüttelnd. »Du kannst dich einem Herzen, in dem außer dir niemand mehr wohnt, nicht aufdrängen, Liebes.« Und dann nahm er ihre Hände und schaute von ihnen in ihre vor Glück feuchten Augen empor: »Du weißt noch nicht viel über die Liebe, Lizzie, nicht wahr?« schloß er lachend.

Das konnte sie leicht genug mit einem Kuß entkräften; doch fragte sie sich hinterher, ob der Vorwurf nicht gerechtfertigt gewesen sei. War sie wirklich kalt und steif, und gaben andere Frauen mehr und rückhaltloser? Sie dachte, daß man ihre Vorbehalte und ihr Feingefühl so drehen und wenden konnte, bis sie zu selbstsüchtigen Skrupeln und kleinlichen Prüderien wurden, und bei diesem Spiel durfte sie endlich ihre ganze Spitzfindigkeit ausschöpfen.

Mittlerweile trugen die ersten Tage, die Deerings Abreise gefolgt waren, einen milde gebrochenen Schimmer, wie das Leuchten am Himmel nach dem Sonnenuntergang. Vorbehalte und Berechnung konnten Deering jedenfalls nicht nachgesagt werden, und seine Abschiedsbriefe vom Zug und vom Dampfer aus erfüllten sie mit dem andauernden Raunen und Nachhall seiner Gegenwart. Wie er sie liebte, wie er sie liebte – und wie er ihr dies mitzuteilen verstand!

Sie war nicht sicher, ob sie diese Begabung auch hatte. Unerprobt im Ausdruck ihrer eigenen Emotionen, schwankte sie zwischen dem Drang, ihr ganzes Fühlen auszugießen, und der Furcht, ob ihre Verstiegenheit ihn nicht amüsieren oder sogar langweilen würde. Sie wurde das Gefühl nicht los, daß das, was für sie die einschneidendste Erfahrung war, in einem Leben, welches für romantische Begebenheiten so prädestiniert war wie das seine, nur eine Episode war. Ihr Fühlen und Handeln müßte einem Vergleich mit dem standhalten, was andere ihm bereits gegeben hatten. Aus allen Himmelsrichtungen sah sie leidenschaftliche Schreiben zu Deering flattern, für den ihr kleiner, hingebungsvoller Flug einer Schwalbe gewiß noch keinen Sommer machte. Doch auf solche Augenblicke folgten wiederum andere, in denen sie ihren Kopf hob und die Überzeugung wagte, keine andere Frau habe ihn je so geliebt wie sie und sei deshalb wohl auch nicht auf solche Dinge gekommen, wie sie sie ihm sagte. Und diese Überzeugung stärkte den weniger fest begründeten Glauben, daß auch er aus demselben Grund für den Ausdruck seiner Zärtlichkeit neue Nuancen gefunden hatte, und die drei Briefe, die sie tagsüber in ihrer schäbigen Bluse mit sich herumtrug und nachts unter ihrem Kopfkissen verbarg, nicht nur an Schönheit alles übertrafen, sondern sich auch in ihrer Qualität von

allem unterschieden, was er je für andere Augen niedergeschrieben hatte.
Während der Wochen, in denen sie die Briefe an ihrem Herzen trug, bereiteten sie ihr jedenfalls Gefühle, die komplizierter und zarter waren als jene, die Deerings Gegenwart hervorgerufen hatte. Das Zusammensein mit ihm war, als stemme man sich der rauhen offenen See entgegen, die einen blendete, während man auf ihr trieb; seine Briefe indes waren ein stiller Teich der Kontemplation, über den sie sich beugen und das Spiegelbild des Himmels und die unzähligen Bewegungen des Lebens betrachten konnte, das unter der Oberfläche huschte und erglühte. Der Reichtum seines inneren Lebens – er überraschte sie am meisten! Sie hatte keinen blassen Schimmer davon, hielt sich nur an den schmalen Pfad des Gewohnten wie ein Wanderer, der einen Weg im Nebel hinansteigt und plötzlich auf eine sonnenbeschienene Felsspitze zwischen dem Himmel ringsum und den schwindelerregenden Tiefen der Täler stößt. Komisch, all die anderen Leute – die ganze Pension in Passy – trotteten denselben tristen Pfad entlang, mußten auf die Steine unter ihren Füßen achtgeben und ahnten nichts von der Herrlichkeit, die über dem Nebel lag!
Es gab Stunden des Jubels, da hätte sie ihnen am liebsten zugerufen, was man vom Gipfel aus sah – und Stunden der Demütigung, in denen sie überlegte, warum ausgerechnet ihr Schritt dort hingelenkt worden war, während andere, die dies zweifellos ebenfalls verdient hätten, im Finstern tappten und stolperten. Besonders für die zwei, drei anderen Mädchen bei Mme. Clopin empfand sie größtes Mitgefühl – Mädchen, älter, blasser und noch stiller als sie, die deshalb mehr auf ihre Sympathie ange-

wiesen waren. Würden sie je wissen? Hatten sie dies jemals kennengelernt? Diese Fragen bedrängten sie, wenn sie ihren Kameradinnen auf der Treppe begegnete, ihnen beim Abendbrot gegenübersaß oder ihren armseligen, sehnsüchtigen Gesprächen im schwach erleuchteten Salon mit seinen rutschigen Stühlen lauschte. Die eine kam aus der Schweiz, die andere war Engländerin, und die dritte, Andora Macy, war eine junge Dame aus den Südstaaten, die Französisch studierte, um später die Bewohnerinnen einer Mädchenschule in Macon, Georgia, darin zu unterrichten.
Andora Macy war blaß, früh verblüht, unreif. Sie sprach einen schleppenden Akzent und hatte ein Wesen, das zwischen koketter Verwegenheit und Anfällen eines panikerfüllten Stolzes schwankte. Sie sehnte sich nach Verehrung und fürchtete sich vor der Kränkung. Und doch war ihr schmerzlich bewußt, daß sie diesen beiden extremen Gefühlen nie begegnen sollte oder sich ihrer nur in den Erlebnissen ihrer begünstigteren Freundinnen erfreuen würde.
Vielleicht war sie deshalb liebevoll an Lizzie interessiert, die vor Macy zunächst wie vor der bedrückenden Vision ihrer eigenen Zukunft zurückgescheut war, jetzt aber plötzlich in ihr das Objekt eines sentimentalen Mitleids sah.

4

Miß Macy wohnte neben Miß West, und wenn Mme. Clopins früher Zapfenstreich die Pensionsgäste aus dem Salon vertrieb, klang das Klopfen der Südstaatlerin für Lizzies Gastlichkeit oft verlockend. So auch eines Abends, als Lizzie, müde von einem ungewöhnlich langen Unterrichtstag, gerade ihr Kleid ausziehen wollte. Sie befand sich in einer zu nachgiebigen Stimmung, um das »Herein!« zu unterdrücken, und als Miß Macy über die Schwelle trat, bemerkte Lizzie, wie Vincent Deerings erster Brief – der Brief aus dem Zug – von ihrer Brust zu Boden fiel.

Miß Macy sah dies sogleich und schoß nach vorn, um ihn aufzuheben. Lizzie bückte sich ebenfalls – unwillkürlich eifersüchtig auf die Berührung der anderen. Die Besucherin erreichte jedoch als erste den Brief, und als sie danach griff, wußte Lizzie, daß Miß Macy gesehen hatte, woher er gerutscht war, und rasch eine romantische Geschichte um diesen Vorfall weben würde.

Lizzie wurde vor Verlegenheit rot. »Zu dumm, daß ich keine Tasche habe! Wenn man morgens einen Brief erhält und aus dem Haus geht, muß man ihn den ganzen Tag in der Bluse mit sich herumtragen.«

Miß Macy sah sie liebevoll an. »Er ist ganz warm von deinem Herzen!« flüsterte sie und trennte sich nur zögernd von dem Brief.

Lizzie lachte; sie wußte ja, der Brief hatte ihr tatsächlich das Herz gewärmt. Arme Andora Macy! Sie würde nie wissen, wie das war. Ihr kühler Busen würde bei solch einer Berührung nie Feuer fangen. Lizzie blickte sie mit freundlichen Augen an und beklagte im stillen die Ungerechtigkeit des Schicksals.

Als sie am nächsten Abend von ihrer Arbeit heimkehrte, traf sie die Freundin im Flur.

»Ich glaube, ich habe hier etwas für dich«, wisperte Andora bedeutungsvoll, während sie Lizzie einen Brief entgegendrückte. »Ich hab's nicht mitansehen können, wie er mit den übrigen auf dem Tisch lag.«

Es war Deerings Brief vom Dampfer. Lizzie errötete bis hinauf zur Stirn, verübelte Andora ihre Ahnungen jedoch nicht. Ihr wäre kein Wort von ihrem Glück über die Lippen gekommen, doch kümmerte es sie auch nicht, wenn jemand dahinterkam, und das Mitleid mit Andoras Armseligkeit wich der Wonne, den eigenen Überfluß in ihr gespiegelt zu sehen.
In New York angekommen, schrieb Deering wieder – einen langen, zutiefst enttäuschten Brief, vage in der Beschreibung der eigenen Pläne, deutlich in der Beteuerung seiner Liebe. Lizzie brütete über jeder einzelnen Silbe, bis die Worte tagsüber unterschwellig all ihre Gedanken beherrschten und nachts durch ihre Träume raunten. Allerdings wäre sie glücklicher gewesen, hätten sie ihre Zukunft in ein klares Licht gerückt.
Doch wenn Deering sich erst einmal umgesehen und orientiert hätte, käme auch das, zweifellos. Sie zählte die Tage, die verstreichen mußten, ehe sie seinen nächsten Brief erhalten würde, und stahl sich frühmorgens nach unten und schaute in die Zeitungen, damit sie erfuhr, wann die nächste Post aus Amerika eintraf. Schließlich war der Glückstag da, und sie eilte gedankenverloren durch den Tag und versuchte über der Zuwendung, die sie ihren Schülerinnen angedeihen ließ, ihre Ungeduld zu verbergen. In dieser Stimmung küßte man sie lieber, als daß man Grammatik mit ihnen trieb.
Vor Mme. Clopins Tür schlug ihr Herz an jenem Abend so wild, daß sie sich, ehe sie das Haus betrat, einen Moment gegen den Türrahmen lehnen mußte. Aber auf dem Tisch mit der Post im Flur lag kein Brief für sie.
Sie blätterte die Post mit ungeduldiger Hand durch, und ihr Herz sank tiefer und tiefer, wie sie manchmal im Traum eine endlose Treppe hinuntergestürzt war – die-

selbe Treppe übrigens, über die sie den Berg hinauf zu Deerings Tür geflogen war. Dann kam ihr in den Sinn, Andora könne den Brief gefunden und an sich genommen haben, und mit einem Satz war sie auf der betreffenden Etage und rüttelte am Knauf von Miß Macys Tür.

»Du hast doch einen Brief für mich!« stieß sie hervor.

Miß Macy schloß sie in die dünnen Arme. »Ach, du hast noch einen erwartet, meine Liebe?«

»Gib ihn her!« flehte Lizzie mit ungeduldigen Augen.

»Aber ich habe nichts! Nicht die Spur von einem Brief für dich.«

»Du hast ihn, ich weiß es. Du mußt ihn haben!« schrie Lizzie und stampfte mit dem Fuß auf.

»Liebes, ich habe für dich aufgepaßt, aber wir haben nichts bekommen.«

In den folgenden Wochen spielte sich Tag für Tag dieselbe Szene mit endlosen Variationen ab. Nach der anfänglichen krampfartigen Enttäuschung versuchte Lizzie bald nicht mehr, ihre Besorgnis vor Miß Macy zu verbergen, und machte es der gutmütigen Andora zur Pflicht, ein wachsames Auge auf den Briefträger zu haben und der nachlässigen oder perfiden *bonne* nachzuspionieren. Doch blieben diese raffinierten Vorsichtsmaßregeln ohne Erfolg, und von Deering kam kein Brief.

In den ersten zwei Wochen seines Schweigens schöpfte Lizzie die einfallsreichsten Erklärungen aus. Später staunte sie über die Gründe, die sie für Deerings Schweigen verantwortlich gemacht hatte: manchmal brachte sie sich beinahe so weit, es für natürlicher zu halten, als wenn er weiter schriebe. Ihre Vernunft verwarf nur einen Grund: daß er sie vergessen haben könnte und die Episode aus seiner Erinnerung verschwunden wäre wie der

Atemhauch von einem Spiegel. Vor dieser Möglichkeit wandte sie entschlossen ihre Gedanken ab, in der sicheren Gewißheit, daß ihr Lebenswille nachließe, wenn sie sich dieser Sichtweise überließe, so daß sie nicht mehr wüßte, weshalb sie morgens aufstand und sich abends niederlegte.

Hätte sie die Muße gehabt, ihren Qualen nachzugeben – ihr wären solche Spekulationen womöglich nicht erspart geblieben. Aber sie mußte sich auf den Beinen halten und arbeiten. Die *blanchisseuse* wollte bezahlt werden und Mme. Clopins wöchentliche Rechnung und jedes kleine »Extra«, das sogar sie in ihrer Bescheidenheit einkalkulieren mußte. Und tief in ihrem Innersten lauerte die zermürbende Angst vor Krankheit und Hilflosigkeit, die sie zur Arbeit trieb, solange es ging. Kaum daß sie eine Zeit gekannt hätte, in der sie ohne diese Angst gewesen wäre, und so war ihr diese zur zweiten Natur geworden und hielt sie auf den Beinen, wenn andere Anreize versagten. In ihrer schieren Not fürchtete sie nicht den Tod, doch die Angst vor Krankheit und »Abhängigkeit« war tief in ihr verwurzelt.

In den ersten Wochen des Schweigens schrieb sie wieder und wieder an Deering, flehte um ein Wort, ein kleines Lebenszeichen. Anfangs war sie davor zurückgeschreckt, Ansprüche auf seine Zukunft zu erheben, und in ihrer Verwirrung warf sie sich vor, zu besitzergreifend und bestimmt im Ton gewesen zu sein. Sie redete sich ein, er zucke – heikel wie er war – unter etwas anderem als einer »sachten Berührung« zusammen, und ihre sei vielleicht nicht sacht genug gewesen. Sie hätte weiter die »kleine Freundin« bleiben sollen, das schlichte Geschöpf, zu dem sich ein gequältes Genie mit

seiner Kompliziertheit flüchten konnte. Statt dessen hatte sie ihre Beziehung dramatisiert, die eigene Rolle überbewertet, sich angemaßt, mit ihm im Rampenlicht zu stehen, statt sich in der Kulisse oder im Chor zu begnügen.
Und wenn sie sich selbst auch den flüchtigen Charakter des Abenteuers eingestand, ja sogar betonte, für Deering sei es nicht mehr als eine Episode gewesen, blieb sie doch weiterhin überzeugt, daß seine Gefühle für sie – wie flüchtig auch immer – aufrichtig wären.
Er hatte sich nicht wie ein gewissenloser Kerl benommen, der den »gemeinen Vorteil« sucht. Eine Zeitlang hatte er sie wirklich nötig gehabt, und wenn er nun schwieg, so fürchtete er vielleicht, sie habe seine Bedürfnisse mißverstanden und vergebliche Hoffnungen in deren mögliche Dauer gesetzt.
Bezeichnend war, daß Lizzie für das Objekt ihrer Hingabe instinktiv größtmögliche Freiheit zu erlangen suchte. Eingeforderte oder erzwungene Liebe war unvorstellbar für sie. Deering dies verständlich zu machen, wurde zu einem übermächtigen Bedürfnis, und in einem letzten kurzen Brief entband sie ihn ausdrücklich von jeglicher romantischen Pflicht, die frühere Schreiben ihm auferlegt haben mochten. In diesem Brief warf sie sich selbst scherzhaft vor, sie habe ihre Beziehung unwissentlich sentimentalisiert, dann aus Selbstschutz einen Scharfsinn entwickelt, ein Gefühl für die Vergänglichkeit zärtlicher Gefühle, und Deering fast soweit gebracht, Koketterie als Kapitulation zu mißdeuten. Und sie schloß elegant mit der Bitte um Fortsetzung der freundschaftlichen Beziehung, die sie immer als Grundlage ihrer gegenseitigen Sympathie »verstanden« habe. Als das Schreiben fertig war, schien es ihr einer Dame von Welt, wie sie meinte, daß Deering sie sich vorstellte,

würdig zu sein. Und beim Gedanken, zuletzt in solch nobler Haltung vor ihn getreten zu sein, empfand sie eine gespenstische Befriedigung. Über die Wirkung sollte sie jedoch nie etwas erfahren; wie jene Briefe, die er wiedergutmachen sollte, blieb auch dieser ohne Antwort.

5

Der frische Frühlingssonnenschein, der Lizzie West so oft den staubigen Weg den Hügel von St. Cloud hinaufbegleitet hatte, fiel auch zwei Jahre später wieder auf sie, wenn auch in einer gänzlich veränderten Szenerie und Situation.
Einzelne Sonnenstrahlen sickerten durch die Roßkastanien der Champs Élysées und fielen auf die kiesbedeckte Terrasse von Laurents Restaurant. Miß West, die an einem Tisch in dieser privilegierten Umgebung saß, hielt einen Hut ins Licht, der prüfenden Blicken besser standhalten konnte als jene Hüte, welche einst die Stirn von Juliet Deerings Erzieherin beschirmt hatten.
Ihr Kleid paßte zum Hut, und beides gehörte zu einer Lebenssituation, in der solche Anlässe, wie in der Eröffnungswoche des Salons bei Laurent ein geruhsames Lunch einzunehmen, an der Tagesordnung waren. Ihre Begleiter, Damen wie Herren, trugen mit entsprechender Kleidung und einem Gleichmut, der auf eine große Auswahlmöglichkeit zwischen den Formen pariserischer Zerstreuung schließen ließ, zu diesem Eindruck bei. Und sogar Andora Macy, die ihr in der Rolle der zweiten Gastgeberin oder Gesellschafterin gegenübersaß, ließ im verhaltenen Grau und Mauve die festliche Note des Anlasses anklingen.

Diese Note klang nachhaltig in den Ohren eines einzelnen Herrn, der von einem in die äußerste Ecke des Gartens verbannten Tischchen aus angestrengt zu der Gruppe hinübersah; Miß West jedoch fiel dies nicht einmal besonders auf. Seit etwa einem Jahr war sie mit solchen Situationen vertraut, und daß sie ihren Cousin Harvey Mears aus Providence mit seiner Frau und deren Freund Mr. Jackson Benn zum Lunch bei Laurent bat, löste in ihr keine andere Emotion aus als jenes matte Glühen, das Mr. Benn bei solchen Gelegenheiten ausstrahlte.

»Schrecklich, an was man sich schon gewöhnt hatte«, hatte Andora Macy in den ersten Tagen nach Eintritt der neuen Besitzverhältnisse geklagt, nachdem Lizzie eines Morgens erwacht war und sich unter den Erben eines ehemals recht geizigen Anverwandten wiedergefunden hatte, dessen testamentarische Verfügungen seit ihrer frühesten Kindheit nur Anlaß für Scherze und Spekulationen in ihrer unbekümmerten Familie geboten hatten. Der alte Hezron Mears hatte den glücklosen Wests gegenüber nicht das geringste Lebenszeichen gegeben und war sich womöglich nicht einmal bewußt, daß er sie in sein sorgfältig ausgetüfteltes Testament einbezogen hatte, welches die Millionen nach alter amerikanischer Tradition gewissenhaft unter den Mitgliedern der Sippe aufteilte. Der reinste genealogische Zufall hatte gewollt, daß Lizzie, die nur knapp in den goldenen Kreisbogen fiel, sich plötzlich in Besitz einiger Mittel sah, welche ausreichten, sie der Aussicht auf eine triste Zukunft in Mme. Clopins Pension zu entheben.

Die Erlösung war anfangs wunderbar gewesen; inzwischen aber fand Lizzie, sie habe ihre alte Welt zerstört, ohne daß sie ihr eine neue gewonnen hätte. Auf den

Trümmern des einstigen Lebens in der Pension erblühte die einzige Blume, die ihren Weg verschönert hatte; und abgesehen von dem Gefühl momentaner Muße und der Erleichterung über das Entfallen ihrer Zukunftsängste blühten in ihrer neugeordneten Existenz keine ausgleichenden Freuden. Sie hatte sich große Dinge von der Möglichkeit erhofft, müßigzugehen, zu reisen, sich vor allem auf verschiedensten weiblichen Gebieten umzutun und »nett« zu den Kameradinnen aus der weniger privilegierten Zeit zu sein. Aber die Erweiterung des Horizonts führte ihr nur um so deutlicher vor Augen, wie leer ihr Leben hinter all diesem war. Erst als sie in der Muße ihres neuen Lebens zu sich kam, begriff sie so recht, was sie verloren hatte.

Diese Leere versuchte sie mit kurzlebigen Sensationen auszufüllen: sie war wie die Besitzerin eines unmöblierten Hauses, in das unablässig Nippes und Möbelstücke »zum Begutachten« hineingetragen wurden. Während dieser Experimentierphase hatte Mr. Jackson Benn ihr Interesse auf sich gelenkt, und beim matten Versuch ihrer Phantasie, ihn ihrem Geschmack anzupassen, kamen ihr Andoras gutgemeinte Komplizenschaft und das schmunzelnde Einverständnis der Verwandten entgegen. Lizzie sperrte sich nicht, litt aber unter Andoras Anspielungen über den verliebten Mr. Benn und Mrs. Mears' Lobeshymnen auf sein geschäftliches Renommee. Um so besser, wenn sie mit den Nebelschwaden des Gefühls seine schmale, kantige Gestalt und den unerschütterlichen Gleichmut verhängen konnten: Lizzie sah hin und hörte zu und hoffte auf ein Wunder.

»Wie diese Franzosen einen anstarren können! So was habe ich ja noch nie erlebt. Lizzie, macht dich das nicht nervös?« platzte Mrs. Mears plötzlich heraus und zupfte an der Federboa über ihrem empörten Busen. Mrs. Mears befand sich noch im Vorstadium, als ihre Landsmänninnen das Abenteuer bereits voll auskosteten, den Blicken eines zügellosen Galliers ausgesetzt zu sein.

Lizzie unterbrach sich in der Betrachtung von Mr. Benns rundlichen Babywangen und kantigem, scharfrasiertem Kinn, das auf seinem Stehkragen ruhte. »Sieht mich jemand an?« fragte sie.

»Dreh dich um Himmels willen nicht um! Da ... dort hinten, zwischen den Rhododendronbüschen ... der große blonde Mann, der allein am Tisch sitzt. Also, Harvey, sprich doch mal mit dem Oberkellner oder tu irgendwas. Obwohl, in Lokalen wie diesem wird man wahrscheinlich nur ausgelacht«, schloß Mrs. Mears bebend.

Ihr Mann, der dieser Möglichkeit zuzustimmen schien, zerlegte weiter ungerührt seine Hähnchenbrust, aber Mr. Benn, dem vielleicht dämmerte, daß von ihm eine entschiedenere Haltung erwartet wurde, drehte sich streng auf der Brüstung seines hohen Kragens in die Blickrichtung von Mrs. Mears.

»Was, der einzelne Bursche dort hinten? Na, das ist gar kein Franzose. Er ist Amerikaner«, verkündete er dann mit auffallend entspannten Muskeln.

»Ach!« murmelte Mrs. Mears, sichtlich enttäuscht, und Mr. Benn fuhr fort: »Wir waren zusammen auf dem Dampfer. Irgendein Künstler. Ein Mann namens Deering. Er hat wahrscheinlich *mich* angesehen und sich gefragt, ob ich mich an ihn erinnere. Na, guten Tag. Wie geht's, wie steht's? Aber natürlich ... sehr gern: meine Freunde, Mrs. Mears, Mr. Harvey Mears, und meine Freundinnen Miß Macy und Miß West.«

»Ich hatte bereits das Vergnügen mit Miß West«, sagte Vincent Deering mit einem Lächeln.

6

Obwohl er lächelte, war Lizzie sofort aufgefallen, wie sehr er sich verändert hatte. Als sie ihm ein paar Tage später zur Erwiderung einer kurzen Mitteilung von ihm eine Begegnung unter vier Augen gewährte, verstärkte sich dieser Eindruck bis zum Schmerz.

Daß sie etwas von ihm Geschriebenes – die erste Antwort auf ihre Briefe – nach drei langen Jahren, in Form dieser unpersönlichen Zeilen, sehen sollte, Zeilen, die zu knapp waren, um demütig genannt zu werden, und doch – wie ausweichend sie auch waren – solch ein Wissen um die Vergangenheit offenbarten! Während sie las, blitzte in ihrer Erinnerung die Erwartung von früher auf, wie sie sich seine Briefe erträumt hatte, die zauberhaften Antworten, die sie in Gedanken in seinem Namen verfaßt hatte. An den Zeilen vor ihr war nichts Außergewöhnliches; doch schon die bloße Berührung des Papiers, das auch er berührt hatte, regte schlummernde Nerven wieder auf, und sie warf den Brief ins Feuer, ehe sie sich zu einer Antwort verleiten ließe.

Und als er jetzt leibhaftig vor ihr stand, wurde er wie früher zum einzig lebendigen Fleck in ihrem Bewußtsein. Einmal mehr verfiel ihr gequältes Ich in Benommenheit und Passivität, nur daß diesmal die ganze Fähigkeit zum Leiden auf mysteriöse Weise auf die Person übergegangen schien, die – bekannt und dabei doch so fremd – an der anderen Seite des Kamins stand. Sie war noch immer Lizzie West, er war Vincent Deering, doch zwischen ihnen wälzte sich der Styx, und durch dessen Nebel sah sie sein Gesicht. Mehr als seine Worte erzählte ihr sein Gesicht, das sie verstohlen musterte, die Geschichte von Scheitern und Mutlosigkeit, welche

seine schönen Züge so verwischt hatten. An die Einzelheiten seines Berichts konnte sie sich später nicht mehr genau erinnern: der Schmerz, den seine Mitteilungen ihm offenbar bereiteten, war der auffälligste Zug an Lizzies neuem Bild von ihm. Verwirrt hatte sie erfahren müssen, daß von dem kleinen Besitz seiner Frau bei seiner Ankunft in Amerika nicht mehr viel übriggewesen war und Deering, während er zu retten suchte, was zu retten war, das eine oder andere Bild verkaufte und mit seiner Malerei sogar eine Zeitlang Erfolg hatte, der ihm einige Aufträge einbrachte und ihm den Unterhalt eines Ateliers ermöglichte. Dann war die Nachfrage verebbt, er blieb auf seinen Arbeiten sitzen, und eine langwierige Krankheit mit Schulden als elendem Gefolge machte sein Glück bald zunichte. Schließlich folgte eine düstere Phase, während der er, wie sie schloß, auf die verschiedenste Weise versucht hatte, seinen Lebensunterhalt zu verdienen, Arbeit bei einem modischen Innenarchitekten angenommen hatte, Tapeten entwarf, Zeitschriften illustrierte und sich eine Zeitlang als Werber eines neuen Hotels verdingte, dessen Restaurant publik gemacht werden sollte.
Diese unzusammenhängenden Fakten hingen am dünnen Faden persönlicher Andeutungen – Hinweise auf Freunde, die nett gewesen waren (in ihrer Eifersucht hielt sie sie für Frauen), und Feinde, die sich gegen ihn verschworen hatten. Doch »korrekt«, wie es seine Art war, vermied er sorgfältig die Erwähnung eines Namens und überließ es ihrer Phantasie, sich im Dunkeln durch eine bevölkerte Welt zu tasten, in der für ihr scheues Wesen offenbar kaum noch Platz war.
Während sie ihm zuhörte, verflüchtigte sich bei dem Gedanken, wie unglücklich er sein mußte, ihr eigenes

Leid. Nichts, was er gesagt hatte, erklärte oder entschuldigte sein Verhalten, doch er hatte gelitten, war einsam gewesen und gedemütigt worden, und in mütterlichem Zorn glaubte sie, daß es dafür, was immer auch dahinterstecken mochte, keine Rechtfertigung gab. Sie konnte nicht erklären, warum: sie wußte nur, wie weh es ihr tat, wenn ihm weh getan wurde.

Allmählich ging ihr auf, daß ihr fehlender Groll darauf zurückzuführen war, daß sie ihre eigene Zukunft bereits festgelegt hatte. Sie war froh über ihren Entschluß, Jackson Benn zu heiraten – denn jetzt war sie dazu entschlossen –, und sei es auch nur um der Distanz willen, die ihr dies im Umgang mit Deering verschaffte. Ihre persönliche Sicherheit gab ihr die erforderliche Unvoreingenommenheit und gestattete ihr, beliebig lange bei den letzten Zeilen eines Kapitels zu verweilen, dessen Schluß sie selbst festlegen würde. Alles Zögern hinsichtlich der Endgültigkeit ihrer Entscheidung wurde von dem Bedürfnis verdrängt, Deering davon in Kenntnis zu setzen. Und als ihr Gast in seinen Erinnerungen innehielt, um seufzend zu sagen: »Aber bei dir ist auch allerhand geschehen«, ließen die Worte sie weniger an ihre veränderten Lebensumstände denken als an das Bild des Freiers, dem sie sie anvertrauen wollte.

»Ja, allerhand. Drei Jahre ist das her...« antwortete sie.

In seiner abgetragenen Eleganz saß Deering vorgebeugt da, und seine Augen ruhten sanft auf ihren. Und neben ihm erblickte sie Mr. Jacksons Gestalt, mit dem eng geschnittenen schwarzen Jackett, das seine Schultern ungewöhnlich kantig wirken ließ, und dem hohen, glänzenden Stehkragen, auf dem seine rosigen Wangen und das scharfrasierte Kinn ruhten. Als Deering zu sprechen anfing, verschwand die Erscheinung.

»Drei Jahre«, wiederholte er nachdenklich. »Ich habe mich so oft gefragt, was sie dir gebracht haben.«
Errötend und mit dem ängstlichen Wunsch, er möge ungeachtet all seiner Vorstellungen von Korrektheit bloß keinen Fehler begehen und »persönlich« werden, hob sie den Kopf.
»Das hast du dich gefragt?« gab sie tapfer lächelnd zurück.
»Glaubst du mir etwa nicht?« Sein Blick verweilte auf ihr. »Ja, ich nehme an, du hast das auch von mir erwartet.«
»Weißt du, offen gesagt, habe ich von dir gar nichts erwartet«, sollte die schlagfertige Antwort lauten, doch die aufsteigende Flut ihrer Erinnerungen spülte sie entrüstet hinweg. Wenn seine Korrektheit das Vergangene schon ignorierte, konnte die ihre sie doch nicht verleugnen.
»Hast du das von mir erwartet?« hörte sie ihn mit traurigem Nachdruck wiederholen. Und daraufhin warf sie den Kopf in den Nacken und antwortete entschlossen: »Woher sollte ich wissen, was ich erwarten durfte. Du hast mir nie geschrieben.«
Wenn sie gedacht, vielleicht sogar gehofft hatte, ihn mit dieser Antwort in Verlegenheit zu bringen, so verriet sein ruhiger, gelassener Blick, mit dem er reagierte, daß sie seinen Einfallsreichtum unterschätzt hatte.
»Nein, ich habe nicht geschrieben. Ich habe meinen Schwur gehalten«, sagte er.
»Deinen Schwur?«
»Daß ich dir nicht schreiben wollte. Nicht eine Silbe. Oh, bei allem hat er mich begleitet!«
Lizzies Herz ließ in ihren Ohren die alte, wirre Geschichte vom Meer des Lebens erklingen, aber sie ver-

suchte angestrengt, auch die leise Stimme der Vernunft zu vernehmen.

»Was hast du geschworen? Warum wolltest du mir keine Silbe schreiben?«

Er regte sich nicht, sondern hielt sie weiter mit einem Blick fixiert, der beinahe versöhnlich war.

Dann stand er plötzlich auf, durchquerte den Raum und setzte sich in einen Sessel neben sie. Diese Bewegung hätte bedeuten können, daß er nicht mehr an die neuen Umstände dachte, und als Lizzie dies sah, rückte sie ein wenig beiseite. Er bemerkte ihr Zurückweichen anscheinend jedoch nicht, und seine Augen, die endlich von ihrem Gesicht abließen, wanderten langsam und anerkennend durch den kleinen, hellen Salon.

»Bezaubernd. Ja, bei dir hat sich allerhand verändert«, sagte er.

Noch vor einem Augenblick hatte sie inständig gefleht, er möge nicht den Fehler begehen, so vergeblich auf die Vergangenheit zurückzukommen – als erwache all ihr Zartgefühl von einst, um ihn vor solch einer Peinlichkeit zu bewahren. Aber sein Ablenkungsmanöver ärgerte sie, und plötzlich verspürte sie den Wunsch, ihn von Angesicht zu Angesicht mit seinen eigenen Worten festzunageln.

Doch ehe sie ihre Frage wiederholen konnte, kam er ihr bereits mit einer anderen zuvor.

»Aber du hast an mich *gedacht*. Warum gibst du das nicht zu?«

Diese unerwartete Herausforderung entrang ihr einen Schrei. »Stand das nicht in meinen Briefen?«

»Ach ja, deine Briefe –« Sie konzentrierte sich beharrlich auf seinen Blick und konnte dort keine Irritation, nicht die geringste Nervosität entdecken. Er blickte sie nur noch trauriger an.

»Sie haben mich überallhin begleitet, deine Briefe«, sagte er.
»Aber du hast sie nie beantwortet.« Endlich zitterte der Vorwurf über ihre Lippen.
»Aber ich habe sie nie beantwortet.«
»Hast du sie wenigstens gelesen?«
Alle selbstquälerischen Dämonen waren jetzt in ihr erwacht, und wie um ihrem Wüten zu entrinnen, ließ Lizzie sie auf Deering los.
Dieser schien die Frage kaum zu hören. Er nahm nur eine andere Haltung ein, beugte sich ein wenig weiter zu ihr vor, ohne daß er sie indes mit der kleinsten Geste an das Privileg, das solche Nähe einstmals bedeutet hatte, zu erinnern suchte.
»Es standen schöne, wunderbare Dinge in den Briefen«, sagte er lächelnd.
Sie fühlte sich unter diesem Lächeln erstarren. »Du läßt dir drei Jahre Zeit, um mir das zu sagen!«
Er blickte sie äußerst überrascht an. »Und nimmst du mir das sogar jetzt noch übel?«
Er konnte wirklich unglaublich gut parieren. Und sie hatte währenddessen das Gefühl, daß sie ins Leere stieß, und verspürte den verzweifelten, beinahe unversöhnlichen Wunsch, ihn gegen die Wand zu drängen und dort festzuspießen.
»Nein. Ich frage mich nur, warum du dir jetzt die Mühe gibst zu erklären, während du damals –«
Und mit einem plötzlichen Ausfallschritt überraschte er sie schließlich direkt auf ihrem eigenen Feld.
»Während ich sie mir damals nicht gegeben habe? Wie sollte ich denn – damals?«
»Das hast du mir noch nicht erzählt.«
Wieder blickte er sie voll entwaffnendem Gleichmut an.

»Muß ich das? Hat meine erbärmliche Geschichte das nicht getan?«
»Erzählt, warum du nie auf meine Briefe geantwortet hast?«
»Ja – ich hätte doch nur meine Liebe und mein Verlangen beteuern können.«
Es trat eine Pause ein, in der bei ihm kleinmütige Erwartung lag, während sie wild und wirr ihre zerstörte Vergangenheit rekonstruierte. »Soll das heißen, du hast nicht geschrieben, weil ...«
»Weil ich in Amerika ein armer Teufel war. Das Geld meiner Frau war aufgebraucht, und was ich selbst verdienen konnte – ich bin darin so untalentiert! –, reichte ja kaum für Juliets Kleidung und ihre Schule. Es war, als sei eine Eisentür zwischen uns zugeschlagen und verriegelt worden.«
Keuchend mußte Lizzie die letzten Kräfte ihres Zweifels aufbieten. »Du hättest wenigstens etwas sagen, etwas erklären können. Meinst du, ich hätte es nicht verstanden?«
Er zögerte nicht. »Schon. Aber darum ging es nicht.«
»Worum dann?« bebte sie.
»Wunderbar, daß du das nicht begreifst! Es ging nicht, ich konnte dir das einfach nicht schreiben. Alles andere – aber nicht das.«
»Und deshalb hast du mich lieber leiden lassen?«
In seinem Blick flackerte ein Vorwurf auf. »Ich habe auch gelitten«, sagte er.
Dies war sein erster direkter Appell an ihr Mitgefühl, und für einen Moment hätte er ihre Zuneigung fast aus dem labilen Gleichgewicht geworfen und in bebende Verachtung und Hohn umschlagen lassen. Doch schon der Impuls wurde von einem anderen Gefühl unter-

drückt. Wie so oft in der Vergangenheit wurde sie sich wieder jener Tatsache bewußt, mit der sie während seiner Abwesenheit nie umzugehen verstanden hatte: dem klaffenden, unüberwindlichen Widerspruch zwischen der Vorstellung, die sie von ihm hatte, und seiner tatsächlichen Erscheinung – das rätselhafte Umschwenken in ihrem Urteil, bewirkt durch die Modulationen seiner Stimme, den Blick seiner Augen, diesen vielschichtigen Eindruck von seiner Persönlichkeit. Sie hatte einmal formuliert, und sich dies selbst zum Vorwurf gemacht, sie könne sich »nicht an ihn erinnern« – so vollkommen verdrängte sein Anblick jenes Bild, um das ihre Phantasie unablässig Wunderdinge webte. So deutlich und lebendig das Bild auch war, Deerings Gegenwart machte es zum reinsten Hirngespinst und bewirkte in der augenblicklichen Situation, daß Lizzie sein Unglück mit einer Intensität wahrnahm, vor der die Verletzungen, die sie selbst erlitten hatte, verblaßten.

»Ich habe schrecklich gelitten«, wiederholte er, »und dies um so mehr, als ich kein Zeichen geben, mein Elend nicht herausschreien konnte. Es gab nur eine Rettung – schweigen und flehen, du mögest mich hassen.«

Das Blut schoß Lizzie in die Schläfen. »Hassen – du wolltest, daß ich dich hasse?«

Er erhob sich von seinem Platz, trat näher und nahm ihre Hand in seine. »Ja. Denn deine Briefe zeigten mir, du würdest andernfalls noch unglücklicher sein.«

Ihre Hand bewegte sich nicht, seine Wärme strömte durch sie hindurch, und auch ihre Gedanken, die armen, flatternden, stürmischen Gedanken waren auf einmal vom selben sanften Strom des Zusammenseins durchdrungen.

»Und ich wollte bei meinem Entschluß bleiben«, fuhr er fort, wobei er den Griff langsam lockerte. »Sogar noch, nachdem mich Zufallsdinge hierher zurück- und dir in den Weg geführt hatten. Doch als ich dich neulich sah, begriff ich: was die Entfernung möglich gemacht hatte, war jetzt, da wir einander nahe waren, unmöglich geworden. Wie sollte ich dich anblicken und zulassen, daß du mich haßt?«

Er war einige Schritte zur Seite gegangen, doch nicht, um wieder Platz zu nehmen. Er blieb stehen und ließ in der beiläufigen Haltung, die einem Abschied vorangeht, die Hand auf einer Sessellehne ruhen.

Lizzie wurde eng ums Herz. Dann ginge er also jetzt, und dies wäre sein Lebewohl. Er ging, und sie konnte ihn mit keinen anderen Worten aufhalten als dem unsinnigen Gestammel: »Ich habe dich nie gehaßt.«

Er betrachtete sie mit einem matten Lächeln. »Jetzt brauchst du es auch nicht mehr zu tun. Zeit und Umstände haben mich so harmlos gemacht – und genau deshalb habe ich mich zurückgewagt. Ich möchte dir sagen, wie sehr mich dein Glück freut. Es ist das einzige Hindernis zwischen uns, das ich nicht fortwünschen kann.«

Lizzie schwieg und wurde beim Zuhören von der plötzlichen Erscheinung Mr. Jackson Benns in Bann geschlagen. Da stand er wieder, zwischen ihr und Deering, hochaufragend und vorwurfsvoll, doch nicht so stabil und scharf konturiert wie eben noch, und der Ausdruck seiner kleinen, harten Augen schien verzweifelt um Materialisation zu flehen.

Deering fuhr mit seiner Abschiedsrede fort. »Du bist jetzt wohlhabend – und unabhängig. Du wirst heiraten.«

Sie sah, wie er seine Hand ausstreckte.

»Ich bin nicht einmal verlobt!« sprudelte es aus ihr hervor. Dies hatte sie zuallerletzt sagen wollen – mit einem vernünftigen Gedankengang hatte es kaum zu tun. Doch sie spürte, wie sich ihre ganze Willenskraft auf den unbezwinglichen Impuls konzentrierte, Mr. Jackson Benns gespenstisches Ansinnen auszuschlagen und für immer weit von sich zu weisen.

7

Andora Macy war fest überzeugt, jeder Gegenstand in Vincent Deerings bezauberndem Häuschen in Neuilly sei eigens dazu gemacht worden, damit sein kleiner Sohn mit ihm spielen konnte.

Das Haus war voller hübscher Sachen, von denen allerdings manche für diesen Zweck offensichtlich nicht geeignet waren. Aber Miß Macys Nachsicht war dem Appetit des Babys ebenbürtig, und die Mutter des Kindes war in der Kunst, ihre Besitztümer zu verteidigen, den beiden einfach unterlegen. Ja, es kam sogar vor, daß sie mit Andoras summarischer Einteilung ihrer Kunstgegenstände nach dem einzigen Kriterium, ob der Kleine gefahrlos daran lutschen könne oder nicht, übereinstimmte oder ihr nur insoweit entgegentrat, als sie dann und wann einen weniger kostbaren oder zerbrechlichen Gegenstand mit dem vertauschte, auf den ihr kleiner Sohn versessen war. Und so hatte sie auch an einem Tag im Frühling, der durch den zweiten Geburtstag des Kindes zusätzlichen Glanz erhielt, gemurmelt, während ihre Lippen auf seinen Locken lagen und ihre eine Hand ein Stück Chelsea-Porzellan aus seiner Reichweite rückte: »Möchte mein Kleiner nicht lieber das schöne glitzernde Ding von Tante Andora haben?«

Die beiden Freundinnen hielten sich in Lizzies Frühstückszimmer auf, ein Zimmer, das Lizzie schon beim Erwerb des Hauses für diesen Zweck bestimmt hatte, weil sie dort Deerings Schritte hören konnte, wenn er vor seiner Staffelei im Atelier auf und ab ging, das sie ihm eingerichtet hatte. Seine Schritte waren längst nicht so regelmäßig zu hören, wie sie gehofft hatte, denn nach drei Jahren ehelichen Glücks hatte er es noch immer nicht vermocht, das große Werk in Angriff zu nehmen, das daraus hervorgehen sollte. Doch selbst wenn sie ihn nicht hörte, wußte sie, er war da, über ihrem Kopf, ausgestreckt auf dem wackligen Diwan aus St. Cloud, rauchte unzählige Zigaretten und blätterte die Morgenzeitung durch. Und am Gefühl seiner Nähe waren die neuen, scharfen Kanten des Erstaunens noch nicht abgestoßen.

Am fraglichen Tag gab es für Lizzie wichtigere Dinge zu tun, als Zeitungen zu lesen. Die Gewohnheit geregelter täglicher Arbeit hatte sie nie abgelegt, und der Zug, den sie am Charakter ihres Mannes am wenigsten verstand, war seine Art, die Dinge schleifen zu lassen. Sie war geneigt gewesen, dies der chronischen Labilität seiner ersten *ménage* zuzuschreiben, aber jetzt wußte sie, daß er selbst unter ihrem gütigen Einfluß keinen Drang verspürte, etwas daran zu ändern. Ihm gefiel es, wie sich auf einen Wink ihrer Hand hin die Dinge für ihn regelten, und seine Freude an ihrem wie durch Zauberei geführten Haushalt brachte seine unbekümmerte Nachlässigkeit keineswegs zum Verschwinden; mit einer von deren unangenehmsten Folgeerscheinungen hatten seine Frau und ihre Freundin jetzt zu tun.

Vor ihnen standen zwei vom Reisen zerschlissene Koffer und ein aufgeblähter Mantelsack, deren vermischter Inhalt sich auf Lizzies rosafarbenen Teppich ergossen hatte. Es handelte sich um die Pfandstücke, die Lizzies Mann bei seinem etwas überstürzten Auszug aus einer Pension in New York zurückgelassen hatte und die von ihr ausgelöst worden waren, wobei sie dem lapidaren Brief seiner Wirtin entnahm, letztere sei nicht gewillt, die Koffer als Ausgleich für Deerings Mietrückstände anzusehen.

Die Entdeckung, daß ihr Mann Amerika mit Schulden verlassen hatte, schockierte Lizzie nicht weiter. Sie war selbst nur zu gut mit wirtschaftlicher Not vertraut, als daß sie darin etwas Entwürdigendes hätte erblicken können, doch es ging gegen ihren Ordnungssinn, daß Deering seinen Verpflichtungen auch in den drei Jahren seit ihrer Eheschließung nicht nachgekommen war. Ihre Vorhaltungen nahm er wie immer gutgelaunt hin und überließ es ihr, den Wechsel einzulösen, obwohl sie ihm in ihrem Zartgefühl ein Konto eingerichtet hatte, das seine persönliche Unabhängigkeit sicherstellte. Lizzie war dieser Pflicht ohne den leisesten Widerspruch nachgekommen, sie wußte ja, daß seine Bitte ein Ergebnis seiner Lässigkeit war und keine Kritik an ihrer Haushaltsführung darstellte. Geld imponierte Deering nicht; seine veränderte materielle Situation hatte ihn nicht in Versuchung geführt. Er war einfach zu bequem, den Scheck auszustellen, wie er zu bequem gewesen war, sich an die Schuld zu erinnern, die er tilgen sollte.

»Nein, Liebling! Nein!« Lizzie hielt das Chelsea-Porzellan höher. »Gibt es unter dem Plunder da nichts anderes für ihn, Andora? Wo ist die Tasche mit der Perlstickerei geblieben, die du in der Hand hattest? Ich glaube, es schadet ihm nicht, wenn er daran lutscht.«

Miß Macy, die Tasche in der Hand, erhob sich von den Knien und stolperte über zerschlissene Kleidungsstücke

und alte Malerutensilien durchs Zimmer. Vor der Gruppe aus Mutter und Sohn blieb sie begeistert stehen.
»Schau, wie er begierig danach greift, der Tyrann! Ist er nicht ganz wie der junge Napoleon?«
Lizzie lachte und schwenkte ihren Sohn in die Luft. »Laß sie ihm erst vor der Nase baumeln, Andora. Wenn du sie ihm sofort gibst, macht er sich nichts mehr draus. Er ist wie alle Männer, glaube ich.«
Andora ließ die Tasche langsam nach unten sinken, bis der Sproß der Deerings seine herrische Hand um sie schloß. »Na, bitte – mein Porzellan ist gerettet!« Lizzie setzte ihr Söhnchen lächelnd auf den Boden und sah zu, wie er mit seiner Beute fortwatschelte.
Andora stand neben ihr und schaute ebenfalls zu. »Weißt du, woher die Tasche stammt, Lizzie?«
Mrs. Deering, die sich über einen Stapel Hemden mit abgetrennten Kragen beugte, schüttelte unaufmerksam den Kopf. »Ich hab noch nie so schlimme Wäsche gesehen! Nicht ein Hemd kann man mehr flicken. Die Tasche? Nein ... keine Ahnung.«
Andora musterte sie ungläubig. »Fühlst du dich nicht hundeelend bei dem Gedanken, eine andere Frau könnte sie ihm gemacht haben?«
Lizzie, die noch immer die Hemden prüfend sortierte, fing an zu lachen. »Also wirklich, Andora! Sechs, sieben, neun ... Nein, nicht einmal ein Dutzend. Nichts ergibt ein ganzes Dutzend. Ich begreife nicht, wie Männer alleine leben können.«
Andora verfolgte grüblerisch ihr Thema. »Willst du mir weismachen, du bist nicht eifersüchtig, wenn du diese Sachen hier sortierst, die ihm womöglich andere Frauen geschenkt haben?«
Wiederum schüttelte Lizzie den Kopf und warf, wäh-

rend sie sich lächelnd aufrichtete, ihrer Freundin ein Bündel zu. »Nein, ich bin nicht eifersüchtig. Da, sei ein Schatz und zähl die Socken.«

Als Andora die Socken gegen die Brust flogen, stöhnte sie: »Fühlst du denn überhaupt etwas?« Aber Lizzie, ganz in ihre Arbeit vertieft, fuhr ruhig mit Zusammenlegen und Sortieren fort. Dabei fühlte sie eine Menge, aber ihre Gefühle waren zu tief und zart für eine schlichte Unterhaltung. Sie wußte nur, jeder Gegenstand, den Deering berührt hatte und den sie jetzt aus den Koffern zog, schickte ein starkes Beben durch sie hindurch. Es gehörte zu ihrem wunderbaren neuen Leben, daß alles, was ihm gehörte, winzige Partikel von ihm selbst enthielt, welche in der Wärme ihrer Liebe sichtbar wurden, so wie man gewisse unbekannte Elemente unter extrem hohen Temperaturen sehen kann. Und was dort vor ihr lag, die armseligen, schäbigen Zeugen seiner Tage des Mißerfolgs – was ausging von ihnen, erhielt im Kontrast zu seiner jetzigen umhegten Situation eine besonders schmerzliche Intensität. Jetzt besaß er die Hemden nur noch in runden Dutzenden, und sie wurden so pfleglich gewaschen wie alte Spitze. Sie kannte das Muster eines jeden Paars Socken, und die Waschfrau hätte sie erleben mögen, die nur eines davon verlegte oder mit verlaufenen Farben zurückbrachte! Diese schlichten Zeichen seines Wohlergehens waren für sie ein Symbol dessen, was ihre Zärtlichkeit ihm gegeben hatte. Seelisch wie materiell war er sicher und geborgen, und sie trotzte den kampfbereiten Kräften der Niedertracht, die durch den Panzer ihrer Liebe zu ihm dringen wollten. Solche Gefühle ließen sich freilich nicht mitteilen, selbst wenn man sie sehnlich gern zum Ausdruck gebracht hätte: sie ließen sich vom Gefühl des Lebens ebensowenig unterscheiden wie Bienen von den Lindenblüten, in denen sie herumsummten.

»Oh, jetzt sieh ihn dir nur an, Lizzie! Er weiß schon, wie man die Tasche aufkriegt.«

Lizzie hob den Kopf, um ihren Sohn einen Augenblick anzusehen, wie er auf einem Haufen Malergerümpel thronte, während Andora bewundernd vor ihm kniete. Sie dachte insgeheim »arme Andora!« und nahm sich dann wieder entmutigt eine beige Weste vor, der die Knöpfe fehlten. Das nächste Geräusch, das sie bewußt wahrnahm, war ein überraschter Aufschrei ihrer Freundin.

»Nein, Lizzie! Weißt du, was er mit der Tasche gemacht hat? Er hat deine Briefe darin aufbewahrt.«

Lizzie blickte jetzt schneller auf. Sie hatte bemerkt, daß Andoras Pronomen das Objekt gewechselt hatte und sich nun auf Deering bezog. Und es kam ihr seltsam und auch ein wenig unangemessen vor, daß sich unter dem Gerümpel, das in der New Yorker Absteige ihres Mannes zurückgelassen worden war, einer ihrer Briefe befinden sollte.

»Wie komisch! Gib ihn mir, bitte.«

»Gib sie Tante Andora, Liebling! Da – schau hinein, und sieh mal, was ein großer, starker Junge dort noch alles entdecken kann! Ja, hier ist noch einer! Aber – nein . . .«

Lizzie erhob sich mit einem Anflug von Ungeduld und ging durch das Zimmer zu der umhertollenden Gruppe neben dem anderen Koffer.

»Was denn? Gib mir die Briefe, bitte.« Während sie sprach, erinnerte sie sich plötzlich an jenen Tag, an dem sie Andora Macy in Mme. Clopins Pension mit einem ähnlichen Ansinnen gegenübergetreten war.

Andora blickte mit erschrockenem Erstaunen zu ihr hoch. »Da, dieser hier ist gar nicht geöffnet worden! Glaubst du, diese gräßliche Frau hat sie ihm vorenthalten?«

Lizzie lachte. Andora hatte wirklich kindische Vorstellungen. »Welche gräßliche Frau? Die Zimmerwirtin? Sei keine Gans, Andora. Wie soll sie ihm die Briefe vorenthalten haben, wenn wir sie unter seinen Sachen finden?«

»Stimmt. Aber warum hat er den Brief nie aufgemacht?«

Andora streckte ihr den Brief hin, und Lizzie nahm ihn. Das war ihre Schrift, und der Umschlag trug den Stempel aus Passy – und er war nicht geöffnet worden. Sie blickte ihn an; dabei zog sich ihr Herz jäh zusammen.

»Hier, auch die andern – keiner aufgemacht!« stieß Andora mit einem spitzer werdenden Ton hervor. Doch Lizzie bückte sich und beruhigte sie.

»Gib sie mir, bitte.«

»O Lizzie, Lizzie –« Die kniende Andora drückte das Bündel an sich, und vor Zorn und Mitleid wurde ihr blasses Gesicht noch blasser. »Lizzie, das sind die Briefe, die ich damals für dich aufgegeben habe, auf die er nie geantwortet hat! Hier!«

»Gib sie mir zurück, bitte.« Lizzie bemächtigte sich der Briefe.

Die beiden Frauen sahen einander an, Andora noch immer kniend, Lizzie reglos vor ihr stehend. Das Blut war ihr ins Gesicht geschossen, rauschte in ihren Ohren und drängte in die Schläfenadern. Dann floß es zurück, und sie fühlte sich kalt und schwach.

»Das muß eine Verschwörung gewesen sein – irgendeine Intrige«, rief Andora, die vom Rausch der Einbildung so

angefeuert wurde, daß sie im Moment anscheinend nur noch den ästhetischen Aspekt der Sache sah.
Lizzie wandte ihre Augen angestrengt ab und ließ sie auf dem Knaben ruhen, der zu ihren Füßen saß und friedlich an den Troddeln der Tasche lutschte. Seine Mutter bückte sich und zog sie ihm aus dem rosigen Mund, den sogleich ein Zornesschrei erfüllte. Sie nahm ihn auf den Arm, und zum erstenmal strömte kein Leben hinüber zu ihr. Er war so schwer und plump, als wäre er das Kind einer anderen Frau. Und sein Geschrei ärgerte sie.
»Bring ihn bitte weg, Andora.«
»O Lizzie, Lizzie!« jammerte Andora.
Lizzie streckte das Kind von sich, und Andora richtete sich auf und nahm es entgegen.
»Ich weiß, wie du dich jetzt fühlst«, keuchte sie über den Kopf des Kindes hinweg.
In irgendeiner düsteren Nische in ihrem Innern hörte Lizzie den schwachen Widerhall eines Gelächters. Andora wußte ja immer, was andere Leute fühlten!
»Sag Marthe, sie soll ihn mitnehmen, wenn sie Juliet von der Schule abholt.«
»Ja, ja.« Andora weidete sich an ihr. »Wenn du dich nur gehen lassen könntest, meine Liebe.«
Das Kind grapschte schreiend über Andoras Schulter hinweg nach der Tasche.
»So geht doch!« befahl seine Mutter.
Andora rief ihr von der Tür aus zu: »Ich bin gleich wieder da. Vergiß nicht, Liebes, du bist nicht allein!«
»Und du gehst auch. Ich will, daß du ebenfalls gehst«, insistierte Lizzie in einem Ton, auf den Miß Macy noch nie zu antworten gewußt hatte.
Die Tür schloß sich hinter ihrem vorwurfsvollen Rükken, und Lizzie war allein. Sie schaute auf das Durchein-

ander in dem Raum, der den trostlosen Anblick eines chaotischen Lebens bot. Vor ein, zwei Stunden war alles noch so wohlgeordnet gewesen, draußen wie drinnen: ihre Gedanken und Empfindungen waren vor ihr ausgebreitet gewesen wie Schmuckstücke, die in Reih und Glied in einer Sammlervitrine liegen. Jetzt waren sie mir nichts, dir nichts zu dem Plunder auf dem Boden geschmissen worden, waren selber Plunder. Ja, ihr Leben lag da zu ihren Füßen, zwischen dem schäbigen Müll.

Sie hob ihre Briefe auf, zehn insgesamt, und untersuchte die Umschlagklappen. Keiner war geöffnet worden – nicht ein einziger. Während sie dastand und schaute, erwachte jedes Wort, das sie geschrieben hatte, zu neuem Leben, und jede damit einhergehende Regung des Gefühls ließ sie erbeben. Mit schwindelerregendem Tempo und mikroskopischer Genauigkeit durchlebte sie noch einmal jene Phase ihres Lebens, immer wieder auf die Trümmer stoßend, über die der Strom dreier glücklicher Jahre hinweggeflossen war.

Sie lachte über Andoras angebliche Intrige – daß ihm die Briefe »vorenthalten« worden seien. Sie brauchte keine fremde Hilfe zur Lösung des Rätsels: ihre dreijährige Vertrautheit mit Deering warf bereits das nötige Licht darauf. Und noch vor einem Augenblick hatte sie sich vollkommen glücklich geglaubt. Das Schlimmste an ihrem Schmerz jetzt war, daß er sie eigentlich nicht überraschte.

Sie wußte nur zu genau, was geschehen war: Er hatte die Briefe erhalten, als er zu tun hatte, mit etwas anderem beschäftigt war, und sie beiseite gelegt, um sie später irgendwann zu lesen – wozu es aber nie gekommen war. Vielleicht hatte er bereits auf dem Dampfer »eine andere«

kennengelernt, jene »andere«, die sich bedrohlich und verhüllt in alle Gedanken einer Frau an ihren Liebhaber schleicht. Oder vielleicht war er auch nur vergeßlich gewesen. Sie wußte inzwischen, Gefühle, die er mit äußerster Intensität zu empfinden schien, hinterließen keinen Nachklang in seiner Erinnerung, so daß er weder seine Freuden noch seine Schmerzen ein zweites Mal durchlebte. Und was konnte dies besser beweisen als die Sorglosigkeit, die er seiner Tochter Juliet angedeihen ließ? Anscheinend war er fest davon überzeugt gewesen, daß sie für unbestimmte Zeit bei den Freunden blieb, die sie nach dem Tod ihrer Mutter aufgenommen hatten, und es war Lizzies Idee gewesen, das kleine Mädchen nach Paris zurückzuholen und die Familie in Neuilly einzuquartieren, damit man in der Nähe ihrer Schule war. Doch als Juliet wieder zu Hause war, wurde er zum Musterbild des zärtlichen Vaters, und Lizzie fragte sich, warum er das Kind nicht vermißt hatte, wenn er auf ihre Anwesenheit doch voller Zuneigung reagierte.

Lizzie war dies im Hinblick auf Juliet aufgefallen, sie hatte aber wie selbstverständlich angenommen, daß es bei ihr etwas anderes wäre: daß sie in Deerings Augen die Ausnahme bildete, die jede Frau insgeheim für den Mann zu sein wünscht, den sie liebt. Zu diesem Zeitpunkt wußte sie bereits, sie konnte seine Gewohnheiten nicht ändern. Aber sie hatte sich eingebildet, sie habe seine Sensibilität verstärkt, ihn mit einer »idealen«, engelhaften Aufgabe ausgestattet. Und jetzt begriff sie, daß ihre Briefe – diese unbeantworteten Briefe, die ihm, wie er selbst beteuert hatte, »soviel bedeuteten« – den Hintergrund bildeten, vor den dieser wunderschöne Stoff gespannt war.

Dort lagen sie jetzt, die Briefe, genauso, als hätte sie sie eben erst aus der Hand gegeben. Er hatte zum Lesen keine Zeit gefunden, und in ihrer Vergangenheit hatte es einen Moment gegeben, in dem ihr diese Entdeckung den schärfsten Stich versetzt hätte, den man sich vorstellen konnte. Das lag jedoch weit hinter ihr. Sie konnte vergeben, daß er sie vergessen hatte, aber einen Betrug verziehe sie ihm nie.

Sie setzte sich hin und blickte wieder im Zimmer umher. Plötzlich hörte sie seine Schritte über sich, und ihr wurde eng ums Herz. Sie fürchtete, er komme hinunter zu ihr. Sie sprang auf und verriegelte die Tür, dann ließ sie sich erschöpft und zitternd in den nächsten Sessel sinken, als habe diese Tat ihr eine enorme Anstrengung abverlangt. Einen Moment später hörte sie ihn auf der Treppe, und ihr Zittern wurde zum Schüttelanfall. »Ich hasse dich – ich hasse dich!« schrie sie.

Gespannt lauschte sie, ob er nach dem Türknauf griffe. Er würde eintreten, irgend etwas summend, eine unnötige Frage stellen und ihr über das Haar streichen. Aber nein, die Tür war ja verriegelt, sie war in Sicherheit. Sie lauschte weiter, die Schritte gingen vorbei. Dann wollte er auch nicht zu ihr. Er war gewiß hinuntergegangen, um irgend etwas zu holen – eine andere Zeitung vielleicht. Offenbar las er kaum etwas anderes, und manchmal wunderte sie sich, wann er den Stoff sammeln konnte, der ihnen bei ihren berühmten »literarischen« Gesprächen zugute kam. Auch jetzt durchjagte dieser Gedanke sie, und ein höhnisches Lächeln trat auf ihr Gesicht. In diesem Augenblick hielt sie alles, was er je getan hatte und gewesen war, für eine Lüge.

Sie hörte das Schließen der Haustür und sprang auf. Ging er aus? Um diese Zeit verließ er gewöhnlich nicht das Haus.

Sie durchquerte das Zimmer und ging zum Fenster und sah ihn raschen, entschlossenen Schrittes am Flieder vorbei zum Gartentor gehen. Was rief ihn zu dieser ungewöhnlichen Stunde fort? Seltsam, daß er ihr nichts gesagt hatte. Und der Gedanke, daß sie dies seltsam fand, führte ihr plötzlich vor Augen, wie eng ihrer beider Leben miteinander verknüpft waren. Sie war ihm eine Gewohnheit geworden, und auf Gewohnheiten war er stolz. Doch schien ihr, als habe ein Fremder die Gartentür geöffnet und sei hinausgegangen. Wie würde er darüber denken, wenn er dies wüßte?

»In einer Stunde weiß er es«, sagte sie sich mit einer Art grimmigem Jubel und malte sich sofort die Szene aus. Sobald er das Haus betreten hätte, riefe sie ihn in ihr Zimmer und überreichte ihm wortlos die Briefe. Einen Moment labte sie sich an dem Bild. Dann ließ ihre Phantasie nach. Der Gedanke an seine Demütigung demütigte auch sie. Sie wollte sein Bild unangetastet lassen. Sie würde ihn nicht zu sich rufen.

Er hatte sie über ihre Briefe belogen – er hatte sie belogen, als er es für vorteilhaft hielt, ihre Gunst zurückzuerlangen. Ja, dieser Punkt mußte festgehalten werden. Er hatte sie aufgespürt, nachdem er erfahren hatte, daß sie reich geworden war. Vielleicht war er sogar mit dem Vorsatz aus Amerika zurückgekehrt, sie zu heiraten – zweifellos war das die Absicht gewesen. Unglaublich, daß ihr damals nichts aufgefallen war. Beim Gedanken an ihre Einfalt und seine plumpen Tricks wurde ihr übel. Aber mehr brauchte er ja auch nicht, wie sich zeigte … Nur – warum war er um diese Zeit fortgegangen? Sie ärgerte sich, daß sein Kommen und Gehen sie immer noch beschäftigte.

Sie wandte sich vom Fenster ab und setzte sich wieder

hin. Was würde sie wohl als nächstes tun... Nein, die Briefe würde sie ihm nicht zeigen. Sie könnte sie ihm einfach auf den Tisch legen und fortgehen, das Haus mit ihrem Jungen und Andora verlassen. Das Gefühl, wie ein konkreter Plan Gestalt annahm, an dem sich ihre entwurzelten Gedanken klammern konnten, war erleichternd. Natürlich ginge sie fort. Und damit sie ihn einstweilen nicht sehen müßte, könnte sie eine Migräne vorschützen und bis nach dem Mittagessen in ihrem Zimmer bleiben. Später würde sie mit Andora ein paar Sachen packen und mit dem Kinde fliehen – während er oben in seinem Atelier herumtrödelte. Wem das Haus einstürzt, der weicht vor den Trümmern: nichts einfacher und unausbleiblicher als das.

Weiter führten ihre Gedanken jedoch nicht, weil sie sich unmöglich vorstellen konnte, was dann geschehen würde. Trotz aller Anstrengung gelang es ihr nicht, sich und das Kind ohne Deering zu sehen. Daran war natürlich nur ihr schwacher Wille schuld. Sie war jung, reich, voller Energie: sie hatte alle Trümpfe in der Hand. Sich vorzustellen, was aus Deering werden würde, war viel komplizierter. Er war doch auf sie angewiesen, und sie waren zusammen so glücklich gewesen! So widersinnig und unmoralisch es auch war, wußte sie doch, er war glücklich mit ihr gewesen. Wie in den Romanen war es nie – wo das »auf einer Lüge erbaute« Glück stets zerbricht und den hochmütigen Bauherrn unter sich begräbt. Deering hatte sie betrogen, und entsprechend den Regeln der Literatur müßte er sie auch weiterhin betrügen. Aber sie wußte, daß er sie nur einmal betrogen hatte...

Sie versuchte wiederum, sich ihr neues Leben auszumalen: Ihre Freunde würden zu ihr stehen. Aber das ließ sie kalt; sie wollte gar nicht, daß sie zu ihr hielten. Sie wollte nur eines – das Leben, das sie geführt hatte, ehe sie dem Kind die bestickte Tasche zum Spielen gegeben hatte. Oh, warum hatte sie ihm bloß die Tasche gegeben? Sie war so glücklich, sie alle waren so glücklich gewesen! Jeder ihrer Nerven schrie erbittert und ohne jede Vernunft nach ihrem verlorenen Glück, so wie der Knabe um die Tasche gebettelt hatte. Schrecklich, wenn man zuviel wußte: immer wurde auf Blut gebaut. Eltern schlossen Sachen vor ihren Kindern weg, schützten sie vor den finsteren Geheimnissen von Schmerz und Unglück. Und war ein Leben lebenswert, wenn es nicht behütet wurde? Wer sah der Medusa ins Antlitz und konnte weiterleben?

Aber warum sollte sie das Haus verlassen? Es gehörte doch ihr. Hier konnte sie mit ihrem Jungen und Andora für sich den Anschein eines Lebens wahren. Deering müßte gehen. Das würde er sofort verstehen, wenn er die Briefe sah.

Sie sah, wie er ging – das Haus verließ wie eben. Sie sah, wie er das Gartentor zum letztenmal hinter sich schloß. Jetzt konnte sie ihn genau sehen, so deutlich, als befände er sich im selben Raum. O nein, er würde nicht gern zum alten, entbehrungsreichen Leben reiner Notwendigkeit zurückkehren! Aber sie wußte auch, daß er nicht betteln würde.

Plötzlich packte sie ein neuer Gedanke. Wenn Andora mit der Geschichte der gefundenen Briefe und dem »Fliehen Sie, Sie sind entdeckt« der romantischen Literatur zu ihm gelaufen wäre? Wenn er sie bereits für immer verlassen hätte? Das würde zu ihm passen. Denn trotz seiner Zärtlichkeit war er immer ausweichend und unberechenbar. Er hätte ihr zuvorkommen wollen und sich so-

fort in die Defensive begeben. Womöglich hatte sie ihn bereits zum letztenmal zum Gartentor hinausgehen sehen.
Sie blickte sich wieder im Zimmer um, als hätte ihm dieser Gedanke ein anderes Aussehen verliehen. Ja, nur so war das Verschwinden ihres Mannes zu erklären. Es war nach zwölf, gewöhnlich aßen sie um diese Zeit, und was die Mahlzeiten betraf, so war er peinlichst auf Pünktlichkeit bedacht und immer ein wenig vorwurfsvoll, wenn sie ihn warten ließ. Nur ein unvorhergesehener Zwischenfall trieb ihn um diese Zeit in solcher Eile aus dem Haus. Vielleicht war es sogar besser, wenn Andora geredet hatte. Sie mißtraute ihrem eigenen Mut und hoffte fast, jemand anderes möge die Aufgabe übernommen haben. Aber dann spürte sie einen undeutlichen Groll. Sie fragte sich: »Warum hat sich Andora eingemischt?« Sie war verwirrt und zornig, als sei ihr die Beute entwischt. Wäre Deering zu Hause gewesen, sie wäre auf der Stelle hingegangen und hätte ihre Verachtung über ihn ausgegossen. Aber er war fort, und sie wußte nicht, wohin er gegangen war; und in ihre Wut auf ihn mischte sich der seltsam wachsame und besorgte Instinkt einer Frau, die gewohnt ist, den geliebten Mann in ihrer Obhut zu wissen. Merkwürdig, diese Sorge nie wieder zu verspüren, ihn nie wieder mit der Hand auf ihrem Haar sagen hören: »Du dummes Kind, du hast dir Sorgen gemacht? Komme ich zu spät?«
Das Gefühl seiner Berührung war so konkret, daß sie steif wurde und den Kopf nach hinten warf, als wolle sie seine Hand abschütteln. Allein schon der Gedanke an sein Streicheln war hassenswert, aber sie spürte es am ganzen Leib. Ja, sie spürte sein Streicheln, wenngleich mit Schrekken und Widerwillen. Sie wollte fliehen, und ihr Aufbäu-

men verstärkte seinen Griff. Es war, als vergewissere ihr Verstand sich der Loyalität ihres Körpers, um auszukundschaften, ob dort insgeheim Widerstand lag.
Um dieses Gefühl zu vertreiben, stand sie auf und ging wieder ans Fenster. Niemand war zu sehen. Auf einmal schwang das Gartentor auf, und ihr Herz tat einen Sprung – ob hinauf oder hinab, wußte sie nicht. Einen Augenblick später tauchte ein Kinderwagen auf, den das Kindermädchen schob, von Juliet und Andora flankiert. Lizzies Blick ruhte auf der vertrauten Gruppe, als hätte sie diese nie zuvor gesehen, und statt nach unten zu den Kindern zu eilen, blieb sie reglos stehen.
Plötzlich hörte sie Schritte auf der Treppe und Andoras Klopfen an der Tür. Sie schloß auf und wurde an die flache Brust ihrer Freundin gerissen.
»Mein Liebes!« rief Miß Macy. »Vergiß nicht, du hast dein Kind – und mich!«
Lizzie löste sich aus der Umarmung. Mit einem ihr unerklärlichen Befremden blickte sie Andora an.
»Hast du mit meinem Mann gesprochen?« fragte sie und zog sich kühl zurück.
»Mit ihm gesprochen? Nein.« Andora starrte sie überrascht an.
»Hast du ihn denn draußen nicht getroffen?«
»Nein, Liebes. Ist er fort? Ich habe ihn nicht gesehen.«
Mit einem wirren Gefühl der Erleichterung, das ihr in die Kehle stieg und das Sprechen erschwerte, setzte sich Lizzie hin.
Plötzlich schien Andora ein Licht aufzugehen. »Ich verstehe, meine Beste. Du fühlst dich nicht imstande, ihm selber gegenüberzutreten. Soll ich hingehen?« Sie blickte sich eifrig um, als wittere sie die Gelegenheit zum Kampf. »Du hast recht, Liebes. Sobald er wiederkommt,

gehe ich zu ihm. Je eher wir das hinter uns haben, desto besser.«

Sie folgte Lizzie, die unruhig ans Fenster zurückgekehrt war. Während sie dort standen, bewegte sich wieder das Gartentor, und Deering kam.

»Jetzt ist er da!« Lizzie fühlte Andoras erregten Griff auf ihrem Arm. »Wo sind die Briefe? Ich bin auf der Stelle unten. Ich darf doch für dich sprechen? Vertraust du meinem Frauenherzen? Oh, glaub mir nur, Liebes«, keuchte Miß Macy, »ich weiß genau, was ich ihm sagen muß.«

»Ihm sagen muß?« wiederholte Lizzie in Gedanken.

Während ihr Mann den Weg entlang zum Haus ging, sah sie plötzlich ihre drei gemeinsamen Jahre vor sich. Diese drei Jahre waren ihr ganzes Leben. Alles davor war farblos und unbewußt gewesen, wie das unsichtbare Leben einer Pflanze, ehe sie an der Erdoberfläche erscheint. Die Jahre waren nicht genau das gewesen, was sie sich erträumt hatte; und wenn sie ihr auch gewisse Illusionen geraubt hatten, so war an deren Stelle doch eine reichere Wirklichkeit getreten. Sie wußte jetzt, daß sie sich allmählich dem neuen Bild von ihrem Mann angepaßt hatte, so wie er war, wie er immer sein würde. Er war nicht der Held ihrer schlaflosen Nächte, aber er war der Mann, den sie liebte, der sie geliebt hatte. Und in einem letzten Aufblitzen des Mitleids und des Neubeginns begriff sie, daß eine Liebe, die den Wirren des Lebens standhalten soll – ähnlich der aus wertlosen Mörtel-, Stein- und Kieselbrocken fabrizierten Marmorskulptur in einem Theaterstück –, aus verschiedensten Stoffen gemacht sein kann.

Sie spürte, wie sich der Druck von Miß Macys Hand verstärkte.

»Ich gebe ihm die Briefe ohne ein Wort. Du kannst dich

auf mein Gefühl für Würde verlassen, Liebes. Ich weiß genau, was in diesem Augenblick in dir vorgeht.«

Deering hatte die Haustürtreppe erreicht. Lizzie betrachtete ihn schweigend, bis er unter dem vorragenden Dach der Veranda verschwand. Dann wandte sie sich um und sah ihre Freundin beinahe mitleidig an.

»Ach, arme Andora, du weißt nichts«, sagte sie, »du weißt gar nichts davon.«

Quellennachweis

Charme & Co.

Die Erzählung, ursprünglich 1934 unter dem Titel *Bread Upon the Waters* veröffentlicht, erschien 1936 in dem Sammelband ›The World Over‹ unter dem Titel *Charm Incorporated.*

Geständnis

Die Erzählung erschien im Original 1936 unter dem Titel *Confession* in dem Sammelband ›The World Over‹.

Die Briefe

Die Erzählung erschien im Original 1910 unter dem Titel *The Letters* in dem Sammelband ›Tales of Men and Ghosts‹.

Edith Wharton
Granatapfelkerne
Erzählung

Band 10180

Diese 1931 erschienene Erzählung von Edith Wharton, eine ihrer sogenannten »Geistergeschichten«, handelt von einer Serie geheimnisvoller Briefe – immer gleich aussehend und von derselben Hand geschrieben –, die im Eheleben der erst seit kurzem verheirateten Ashbys eine schicksalhaft-unheilvolle Rolle spielen. Eine Reise scheint die einzige Möglichkeit, diesen ominösen Briefen zu entrinnen.

Die Meisterschaft dieser Erzählung und die Subtilität der Schilderung, wie das Übernatürliche fast unmerklich in die Alltagswirklichkeit eindringt und diese zuletzt vollends mit seinem heimlichen Schrecken überzieht, zeigen Edith Wharton als würdige Repräsentantin der »Geistergeschichte« zwischen Henry James und Daphne Du Maurier.

Fischer Taschenbuch Verlag

fi 1319/3

Edith Wharton
Unheimliche Geschichten

Aus dem Amerikanischen von Bernd Rüther
Fischer Taschenbuch Band 10677

Angesiedelt in dem bedrohlichen Halbdunkel zwischen Realität und phantastischem Jenseits, widersetzen sich diese Geschichten zumeist einer rationalen Lösung. Tote, die plötzlich wieder auftauchen, Personen, die spurlos verschwinden, weil sie der Rache längst Verstorbener anheimfallen, Morde, die unaufgeklärt bleiben: im Ersinnen solch zutiefst beunruhigender Geschehnisse ist Edith Wharton unerschöpflich.

Aus dem Inhalt:

»Später«, »Die Klingel der Zofe«, »Mr. Jones«, »Allerseelen«.

Fischer Taschenbuch Verlag

fi 1906/1